Albrecht Kaul

Die verschollene Tochter

Eine Familiensaga aus dem China
des vorigen Jahrhunderts

Albrecht
Kaul

Die
verschollene
Tochter

Roman

benno

Sammle meine Tränen in deinen Krug;
ich bin sicher, du zählst sie.

Psalm 56,9 (Gute Nachricht Bibel)

Multipliziere jedes Schicksal
mit einhunderttausend
und du ahnst,
was dieses Volk gelitten hat.

INHALT

Teil 1

Bewegte Wasser
und tödliches Opium

1901

Die Flut ist vorüber. Langsam verzieht sich das gelblich graue Wasser in das alte Flussbett des Jangtsekiang
zurück. Was den Menschen jetzt bleibt, sind stinkende
Tümpel, verwesende Tierkadaver und die Hoffnung,
dass die nächste Ernte durch den mitgeführten Boden-
schlamm eine besonders ertragreiche wird.
Diesmal hat der Fluss, der immer Segen und Fluch bedeutet, der zweiten Eigenschaft alle Ehre gemacht. Lui
Nan hat mit den Dorfbewohnern vom Hügel „Himmelsstern" mit ansehen müssen, wie das Wasser stieg
und stieg und schließlich eine Hütte nach der anderen
wegspülte. Manchmal sah es aus, als ob eine robuste
Balkenverbindung den Wassermassen standhalten
könnte, aber dann kamen Strauchwerk, kleinere Bäume und Unrat, verfingen sich in dem trotzigen Kämpfer und rüttelten im Rhythmus des schlammigen Wassers, bis er seinen Widerstand aufgab. Im Fortreißen
sah man sich aufbäumende knorrige Balken, die sich
wie Arme Ertrinkender gen Himmel reckten, aber bald
hatten sie sich dem Tempo des Flusses angepasst und
waren beim nächsten Widerstand hemmungslos an der
Zerstörung beteiligt.
Der Himmelsstern ragt so weit aus der Flussebene
heraus, dass der Jangtsekiang seinen Gipfel noch nie
überflutet hat. Auch die Ahnen haben nie davon berichtet und so trägt er seinen Namen als Rettungspunkt
zu Recht. Seit drei Tagen harren die circa 45 Dorfbewohner hier aus und beobachten das zurückgehende
Wasser. Jeder hat ein paar Habseligkeiten in einem
Bastkorb neben sich. Auch Lui Nan besitzt noch weni-
ges Küchengerät und zwei Hühner. Sie werden ihr das
Überleben sichern.

Oben steht ein kleiner buddhistischer Tempel, aber alles Flehen zu den Göttern hat nichts gebracht. Mönche und Priester gibt es hier nicht, er wird mehr privat genutzt, um mit den Göttern einen Deal zu machen. Räucherwerk und Gebete für Gesundheit und langes Leben. Die Gegend ist zu unsicher, als dass sich ein größeres Kloster lohnt. Die Priester sagen: Buddha schickt die Flut, um euch zu zeigen, dass aller materieller Besitz unnütz ist. Wenn ihr ihn loslasst und entsagt, wird es euch zum Heil dienen. Ja selbst dann, wenn euch die Flut das Leben wegreißt, werdet ihr geläutert und habt ein gutes Karma für das nächste Leben.

Doch wer die Flut überstanden hat, muss weiterleben, muss kämpfen, muss mit der Realität fertigwerden – und die heißt Schlamm, Unrat, Gestank, kein Dach über dem Kopf und keine Hilfe. Bald wagen sich die ersten vom Hügel herunter. Sie bergen aus dem angespülten Gestrüpp und Hölzern die brauchbarsten Stücke, um eine behelfsmäßige Unterkunft zu bauen. Es wird meist beim Provisorium bleiben …

Einige haben sich darauf spezialisiert, in den höheren Uferböschungen nach verängstigten Ziegen, Enten und Hühnern zu suchen. Manche der Tiere haben durch ihren besonderen Instinkt die Flut geahnt und sich in sicheres Gebiet gerettet. Um diese Tiere gibt es dann Streit, weil jeder meint, in der eingefangenen Ziege sein Eigentum zu erkennen.

Lui Nan kann sich an diesen Ausflügen nicht beteiligen, sie ist hochschwanger und wird ihr Kind bald bekommen. Sie ist jetzt 17 Jahre alt. Ihr Mann ist Soldat und hat sie für viel Geld gekauft, als sie 15 war. Aber was nützt einem ein wohlhabender Mann, wenn er nicht in der Nähe ist? Zu einem festen Haus hatte sein „Vermögen" bisher nicht gereicht. Es sollte aber bald gebaut werden, spätestens wenn ein männlicher Nachkomme da ist.

Normalerweise bekommen Soldaten bei der Geburt eines Sohnes eine Woche frei, aber das wird wohl sehr willkürlich praktiziert. Bei einer Tochter wollen die Soldaten oftmals gar nicht heim, weil die Schande zu groß ist. Sie betrinken sich dann mit ihren Mitsöldnern und lassen die Mutter mit ihrer „Fehlgeburt" allein.

Der Mann von Lui Nan wird viel zu spät von der Überflutung hören, aber ob er deshalb hierherkommt, um eine neue Unterkunft zu bauen? Lui Nan sehnt sich nach ihrem Mann, obwohl sie bisher nur wenige Wochen zusammengelebt haben. Jetzt, wo das Kind bald kommen soll, hätte sie so gern jemand, der sie in den Armen hält, der ihr Mut zuspricht, der ihr das Gefühl von Geborgenheit geben kann. Und wenn das Kind da ist, wer kümmert sich dann um sie? Wenn es gar ein Mädchen wird und sie die Verachtung von allen im Dorf und Familie ertragen muss? Jeder hier hat jetzt selbst mit sich zu tun, außerdem kümmert man sich seit jeher nur um die eigene Familie. Die Angst steigt besonders nachts hoch, wenn alles um sie her erschöpft unter freiem Himmel auf dem Boden schläft.

Während die Männer in der Ebene nach Material suchen und die ersten Pfähle für eine neue Hütte schon aufgerichtet sind, hocken die Frauen zusammen, um aus den geretteten Vorräten das Essen zu kochen. Eine ältere Frau, die hier alle Peng nennen, spricht Lui Nan an, wo sie denn ihr Kind zur Welt bringen will. Die gütigen Augen und die Anteilnahme von Peng überraschen Nan so, dass ihr die Tränen kommen. So viel Mitgefühl hatte sie nicht erwartet und sie muss gestehen, dass sie völlig ratlos und ohne Plan ist. „Es gibt da etwa 40 Li flussabwärts eine Station von fremden

Christen", erzählt die Frau, „die helfen den Menschen hier in der Umgebung. Dort kannst du sicher dein Kind zur Welt bringen – und wenn du es nicht behalten willst, kannst du es auch dort lassen. Viele Familien bringen ihre Kinder, die sie nicht ernähren können, dorthin – oder wenn es ein Mädchen ist. Den Kindern soll es dort recht gut gehen, sie bekommen sogar Schule."

Lui Nan wird jetzt klar, dass sie nicht einfach so ungewiss auf die Geburt hinleben kann, sie muss aktiv werden, sie muss etwas tun. Ob das eine Möglichkeit ist, so einfach zu den fremden Christen zu gehen? „Ich kenne die Christen nicht, aber ich habe mal gehört, dass sie das Blut von Kleinkindern trinken und viele Babys geschlachtet werden." „Papperlapapp, das sind doch nur Affengerüchte. Ich kenne die Christen als sehr höfliche Menschen und sie beten einen Gott an, der sich ein Gott der Liebe nennt."

Lui Nan spürt, dass sie dieser Frau vertrauen kann, ja, sie ist das Einzige, was ihr in dem sich immer schneller drehenden Strudel Halt und Hoffnung gibt. „Und wie finde ich dieses Haus der Christen?" „Du gehst zum Fluss runter und dann immer stromabwärts. An normalen Tagen ist das ein Weg von einem Tag, aber jetzt wird das ganz schwierig sein, weil alle Pfade nicht mehr zu finden sind. Da sind durch die Flut noch viele Schlammlöcher, in denen du hoffnungslos versinken kannst, und es werden dir viel Gestrüpp, Wurzeln und Erdabbrüche den Weg versperren. Am besten, du gehst zum Fluss runter und versuchst, ein Boot an das Ufer zu winken, damit sie dich mitnehmen. Die ersten Boote sind sicher schon unterwegs, um nach brauchbaren Schätzen zu suchen, welche die Flut anderen oben entrissen hat." „Aber ich habe kein Geld für den Bootsmann, er wird mich ohne Geld nicht mitnehmen", wendet Lui Nan ein. „Nimm deine Hühner mit, die sind jetzt Gold wert." „Und wie finde ich das Haus der Christen?" Die freundliche Peng schaut zum Horizont, als wolle sie sich erinnern. „Es ist kein Haus, sondern eine kleine Siedlung um ein großes weißes Kreuz. Unten am Fluss steht eine Statue von einer wunderschönen weißen Frau, die sie auch wie einen Gott verehren. Frage nur einfach nach der Mission. Mission, so sagen sie dort alle zu den Christen. Oh, hoffentlich ist ihnen beim Hochwasser nichts geschehen, das wäre echt schade, auch für dich, mein Kind."

Am anderen Morgen tauscht Lui Nan ein Huhn gegen einen Packen Räucherstäbchen. Diese entzündet sie und steckt sie im Tempel vor den durch Verwitterung kaum noch erkennbaren Buddha in die Sandwanne. Die Götter mögen sie auf ihrem Weg begleiten und bewahren. Als sich Lui Nan bei Peng verabschieden will, sagt die plötzlich: „Ich komme mit, wenigstens bis zum Fluss, damit du mir auf diesem Wege nicht in ein Schlammloch fällst. Deinen Korb gib her, den trage ich." Andere Frauen tuscheln miteinander, weil sie so ein fürsorgliches Verhalten weder kennen noch billigen. Doch Lui Nan ist sehr dankbar, dass sie auf dem schwierigen Weg runter zum Fluss nicht allein sein muss. Sie kommen vorbei an einem gestrandeten größeren Holzkahn, den die Flut hier abgesetzt hat. Einige Männer sind schon dabei, dicke Bretter für ihre Häuser abzuschlagen, jedes Brett ist ein wertvoller Baustoff für die zukünftige neue Hütte. Dass Peng den Korb genommen hat, empfindet Nan jetzt als große Erleichterung, denn irgendwie fällt ihr das Laufen schwer. Ein Schmerz im Bauch meldet sich, den sie so noch nicht kennt. Immer öfter muss sie stehen bleiben, weil es wie Krämpfe über sie kommt. Peng merkt das und weiß Bescheid. „Du, das schaffen wir nicht mehr bis in die Mission. Aber du kannst doch dein Kind nicht hier im Schlamm zur Welt bringen." Wieder wird Nan von einer Wehe überfallen. Mit ängstlicher Hand greift sie nach Peng und krümmt sich an einen mit fauligem Gras und Schlamm behängten abgebrochenen Baum. Peng überlegt, was jetzt zu tun ist: Soll sie einige Männer bitten, die junge Frau zurück zum Himmelsstern zu tragen? Auf alle Fälle bedauert sie es nicht, mit der Schwangeren gegangen zu sein. Ohne sie wäre das arme Kind ja noch verlorener. Dann findet sie eine sandige Stelle und setzt Nan vorsichtig hin. „Bleib einfach hier, ich will mal nachsehen, ob wir eine Stelle finden, wo du dein Kind bekommen kannst."

Sie hat den gestrandeten Kahn im Blick. Schnell läuft sie zu ihm zurück und entdeckt, dass er aus dem Deck und einen Raum darunter besteht. Dort sind die Männer noch nicht angekommen, den Kahn zu fledern. Und tatsächlich, der Raum ist trocken. Es wird ein Stück Arbeit sein, die Schwangere dort runter zu bugsieren, aber hier hat sie wenigstens etwas Schutz. Auf dem Weg zurück zum Schiff geht es Lui Nan recht gut. Die Wehen haben nachgelassen, aber Peng weiß, dass sie jeden Moment wieder und heftiger beginnen können. Als sie sich in den Raum hinunterquetschen, protestieren die Männer: „Das ist unser Boot, wir habe es gefunden, wir brauchen das Holz." „Jetzt habt doch mal nicht so ein Affengehirn", wettert Peng, „ihr seht doch, was hier los ist. Lauft hoch zum Himmelsstern und fragt, ob jemand etwas weißes Tuch dabei hat, und bringt es her." Da das Boot leicht auf der Seite liegt, gibt es keine ebene Fläche, alle Wände und Böden sind schräg, doch Peng gelingt es, die werdende Mutter so in eine Ecke zu setzen, dass sie von zwei Seiten stabilisiert wird. Nüchtern überlegt sie, was jetzt dringend gebraucht wird. Sauberes Tuch, klar. Auch warmes Wasser brauchte sie. Aber das ist unmöglich, selbst das abgestandene Wasser in den Pfützen und Schlammlöchern ist so schmutzig, dass es das Neugeborene töten würde, und zum Abkochen hat sie weder Feuer noch Topf. Ihre Mutter hat einmal erzählt, dass man früher die Babys auch mit trockenem Heu abgerieben hat – aber davon ist draußen in der Schlammwüste auch nichts zu finden. Im Boot findet sie einen öligen Lappen – unmöglich zur Geburtshilfe. Sie weiß, dass sie ungewöhnliche Hilfsmittel in dieser außergewöhnlichen Situation finden muss. Sie will sich gerade das Unterkleid ausziehen, als Männer zurück auf das Schiff kommen. Nein, sie haben keine sauberen Tücher dabei und beginnen wieder, dem alten Kahn an die Planken zu gehen. Nur mit keifenden Flüchen kann Peng sie davon abhalten und sie fordert, dass ab jetzt hier Ruhe am Schiff ist.

Da meldet sich ein junger Mann, der bereit ist, in die Stadt zu gehen und nach dem Mann von Lui Nan zu suchen, das hätten sie oben am Himmelsstern so entschieden. Er will noch ein paar Einzelheiten wissen, wo der Mann zuletzt war und unter welchem Hauptmann er seinen Soldatendienst tut. Als sich seine Augen an das Dämmerlicht im Unterdeck gewöhnt haben, starrt er wie gebannt auf den entblößten Unterleib von Lui Nan, die sich gerade wieder in Schmerzen verkrampft. So etwas hat er noch nie gesehen. Er ist fasziniert und erschrocken zugleich, bis sich Peng zwischen die beiden stellt und den jungen Mann anbellt, nicht so gierig hier herumzuglotzen. Nan kann nur ein paar spärliche Angaben zum Standort ihres Mannes sagen, aber sie weiß, dass er – wenn er denn gefunden wird – erst in mehreren Tagen hier auftauchen wird.

Als Lui Nan in einer stechenden Wehe aufschreit, verlässt der letzte Mann verängstigt das Schiff. Der oben versuchte einigermaßen geräuschlos, weitere Bretter zu besorgen. Und dann geht alles ziemlich schnell. Ein Mädchen ist es, das Peng in ihrem Unterkleid auffängt. Wie sie es bei Tieren beobachtet hat, beißt sie die Nabelschnur einfach durch und verknotet dann das Ende an dem schreienden Winzling. Sie selbst ist im Gesicht und an den Händen blutverschmiert und hätte jetzt nichts lieber als eine Schale mit warmem Wasser. Aber auch hierfür muss das Unterkleid herhalten. Zwei Streifen reißt sie zurecht, mit denen sie dem Kind primitive Windeln umbindet.

Die Nachgeburt wird auch bald ausgestoßen und Peng überlegt, was sie damit tun soll. Einfach wegwerfen, wäre zu schade und da erinnert sie ein Gackern daran, dass Nan in ihrem Korb ja noch das zweite Huhn hat. Das wird jetzt befreit und mit der Nachgeburt vor dem Schiff ausgesetzt. Es wird nicht davonlaufen, solang es da noch reichlich zu pickern gibt. Während Nan mit dem Kind an der Brust leise weint, untersucht Peng den Korb und findet doch noch ein paar nützliche Dinge, darunter ein Ei, was die Henne vor wenigen Minuten gelegt haben muss. Es ist noch warm. Dazu den Wok, den jede Frau mit sich trägt. Auch ein Beutel mit Reis, etwas Tee und trockenes Gemüse sind dabei. Jetzt ist ihr Hausfraueninstinkt geweckt. Mit dem Wok läuft sie zum Fluss, weil das fließende Wasser sauberer ist als die abgestandene stinkende Brühe überall.

Hier am Fluss kann sie Hände und Gesicht waschen und trägt dann vorsichtig das mit Wasser gefüllte eiserne Kochgeschirr zurück. Ganz voll bringt sie es nicht zum Wrack, aber sie kann das Kind mit einem feuchten und dem letzten sauberen Zipfel des Unterkleides das Gesicht abwischen und Reste der „Geburtsschmiere" beseitigen. Lui Nan hat Durst, aber Peng sagt, sie muss erst neues Wasser holen und will dann Tee kochen. Sie muss sich beeilen, denn bald wird es dunkel werden und dann ist es lebensgefährlich, querfeldein zum Fluss zu laufen. Ein größeres Gefäß bräuchte sie, aber da ist nichts zu finden, auch nicht im Unrat der Flut.

Als sie zurück zum Schiff kommt, wird zuerst das Huhn wieder im Korb eingesperrt. Der wertvolle Besitz darf nicht verloren gehen. Trockenes Schilfrohr und kleinere Äste findet sie überall in den Büschen und Bäumen hängen. Sie klopft den getrockneten Schlamm ab und hat bald zwischen drei Steinen eine kleine Feuerstelle aufgebaut – nur das Feuer fehlt noch. Peng hat natürlich keine Schwefelhölzer dabei und auch Lui Nan hat keine in ihrem Korb. Während Peng ratlos in die Ferne starrt, sieht sie etwa einen Li entfernt ein Feuer in der Ebene. Scheinbar ist eine Familie schon so weit mit der neuen Hütte, dass sie ein Nachtlager am Feuer vorbereiten. „Aber wie bringe ich das Feuer hierher? Ich könnte Glut im Wok transportieren, aber dann habe ich kein Wasser mehr." Bald überzieht ein überlegenes Lächeln ihr Gesicht. Sie klettert zu Lui Nan zurück in den Schiffsbauch. Man kann nichts mehr erkennen, hier hat sich die Nacht bereits ausgebreitet. Peng hört das schmatzende Geräusch eines trinkenden Babys an der Mutterbrust. Sie tastet durch den Raum und versucht sich zu erinnern, wo sie den öligen Lappen hingeworfen hat. Der soll es jetzt bringen. Schließlich greifen ihre Finger das schmierige Tuch und dies wickelt Peng straff um einen Stock. „Ich gehe rüber zu einer Hütte, da gibt es Feuer. Ich bin bald zurück und dann gibt es Tee für dich und für mich." Der Weg ist gefährlich, Peng weiß das sehr genau, aber im letzten Licht eines schwarzgrauen Himmels kann sie die glatten Flächen der Tümpel und Schlammlöcher erkennen und meiden. Gut ist es, auf Sandrücken und bewachsenen Geröllstreifen entlangzugehen. Das Feuer gibt die Richtung an und bald steht sie vor einer Gruppe Menschen, die sich ein Abendessen kochen. Es sind Leute aus ihrem Dorf, die sich als Erste wieder in die Ebene getraut haben. „Ni hau, Nachbarn. Gebt mir Feuer, ich muss der kleinen Lui Nan einen Tee kochen. Sie hat ein Mädchen geboren. Im Wrack liegt sie, ich muss zurück zu ihr." „Oh, ein Mädchen, wie bedauerlich, da wird der Vater sich aber freuen …!" Bei einem Jungen wäre der Spott nicht gekommen. Da hätten sie gratuliert und ihre Anerkennung deutlich gemacht, als wäre es ein besonderer Verdienst, einem Jungen das Leben zu schenken. In einem Topf kocht Reis. Der Dampf weht genau auf Peng zu und da wagt sie es: „Könnt ihr mir für die Mutter etwas Reis mitgeben? Ich weiß, auch ihr habt alles verloren, keiner von uns hat so viel, dass er abgeben kann, aber ich beschwöre euch bei allen barmherzigen Buddhas, gebt mir eine Handvoll Reis für die junge Mutter." Demonstrativ stellt sich ein älterer Mann zwischen Peng und den dampfenden Reistopf. Peng zählt sieben Personen und der Topf ist wirklich nicht groß. Es wird von dieser Mahlzeit keiner satt werden. Sie erkennt im Schein des Feuers gierige Gesichter, die sich auf eine Mahlzeit freuen, die auch sie lange entbehren mussten. Trotzdem wagt Peng noch einmal einen Appell: „Die kleine Lui Nan ist total kraftlos, ihr Mann weiß nichts von der Geburt. Soll sie denn, bevor sie ihrem Mann die Tochter mit gesenktem Kopf entgegenhält, an Hunger sterben? Gebt mir für Guanyin,

der Bodhisattva des Mitgefühls, eine Handvoll Reis –
eine halbe Handvoll für eine Mutter einer neuen Chi-
nesin." Während alle steif in die Flammen starren, ist
es der Älteste, der sagt: „Gebt ihr meinen Teil. Guanyin
wird mich segnen."

Bald ist der Reis gar und es wird penibel genau auf-
geteilt. Auf sieben Blätter sieben kleine Häufchen Reis,
eine bekommt Peng in die Hand gelegt. Mit der anderen entzündet sie ihre Fackel und es geht zurück in
die absolute Dunkelheit. Der Weg zum Feuer war ja
leicht zu finden – immer dem Licht nach. Aber nun?
Wo ist das Schiff? Die Richtung ist ungefähr klar, aber
wo in der Finsternis liegt das dunkle Wrack? Die Fackel
erleuchtet den Weg nur spärlich, macht ihn aber unge-
fährlicher, weil man die Fallen entdecken kann. Doch
durch den Schein sind die Augen geblendet und Peng
kann in der Umgebung so gut wie nichts erkennen. Die
spärliche Fackel hält nicht lange durch. Immer wieder
muss sie Gras und Schilf von den Büschen reißen, um
das Feuer zu beleben. Doch vom Schiff keine Spur. Ist
sie vielleicht schon daran vorbei? Dann hört sie einen
Ruf: „Peng, hierher, große Schwester Peng, hierher!"
Lui Nan musste mal vom Schiff und hat den winzigen
Feuerschein der Fackel gesehen. Durch weitere Rufe
geleitet, kommt Peng sicher zum Wrack. Schnell ist das
kleine Feuer entfacht und bald brodelt heißes Wasser
und es riecht aromatischen nach grünem Tee. Den Reis
hat Lui Nan eher verschlungen als gegessen. Viel zu
spät fragt sie, ob denn Peng auch eine Portion Reis von
den freundlichen Leuten bekommen hat. „Nicht nötig, wir haben jetzt Feuer und morgen hole ich frisches
Wasser. Dann kochen wir von deinem Reis ein prächtiges Frühstück, wir mischen das Ei von deinem Huhn
darunter und Tee wird es auch geben."

Plötzlich weint Nan wieder: „Warum bist du so gut zu mir? Du gehörst ja gar nicht zu meiner Familie und du versorgst mich wie eine Mutter. Du kümmerst dich um mich, während du an deiner eigenen Hütte bauen müsstest. Und das Schlimmste", schluchzt sie, „ich kann dich nicht dafür bezahlen, ich habe kein Geld. Aber wenn mein Mann kommt, dann wird er dich belohnen, ganz bestimmt. Er wird sehr froh sein, dass du meinem Kind auf die Welt geholfen hast. Er wird dir gutes Geld dafür geben!"

„Nein", antwortet Peng, „ich will dafür kein Geld. Ich habe gemerkt, wie ängstlich und einsam du warst, da war mir klar: Ich muss helfen. Weißt du, in unserem Land hilft man nur der eigenen Familie. Aber was ist mit denen, die keine Familie haben, so wie du? Immer wenn uns Not begegnet, sollten wir helfen. Das habe ich von den Christen und ihrem Gott gelernt. Das hat ihnen ihr Gott, den sie Jesus nennen, so vorgemacht und das tun sie jetzt auch. Und so haben sie sogar für unser Volk schon viel gute Dinge getan, zum Beispiel die Waisenkinder aufzunehmen und sich um sie zu sorgen. Übrigens, was willst du mit deinem Mädchen machen? Bringst du sie in die Mission?" „Nein, niemals", ruft Nan erschrocken aus. „Es ist doch mein Kind und mein Mann wird ganz stolz sein, dass er ein Kind hat. Auch wenn ich nicht weiß, wie es jetzt mit mir weitergeht, so ohne Hütte, Ackerland und Haustiere, aber meine Tochter abgeben – niemals!"

Der junge Mann vom Himmelsstern findet einen Kahn, der ihn stromauf in die Provinzhauptstadt mitnimmt. Unterwegs sind die Verwüstungen des Hochwassers überall zu sehen und auch in der Stadt hat es schlimme Zerstörung gegeben.

Die Armee des Mandarins der Provinz ist in einfachen Steinhäusern am Rande des Palastes untergebracht. Das Areal liegt so hoch, dass die Flut es nicht erreichen konnte. Mehrere Tausend Soldaten wohnen hier auf engstem Raum zusammen. Viel haben sie nicht zu tun, weil das Land ein ruhiges Jahr erlebt. Keiner der anderen Provinzfürsten hat einen Streit angefangen und es gibt auch keinen Befehl des Kaisers aus Peking, in irgendeinen Krieg zu ziehen. Die Folge: Es gibt keine Kämpfe und damit auch keine Bezahlung und keine Beute. Die Verpflegung der Soldaten ist miserabel und so ziehen sie in kleinen Grüppchen nachts in die Umgebung, brechen in Bauernhöfen und Lagern der Kaufleute ein und besorgen sich ein kräftiges Zubrot. Das wird zwar bestraft, aber wenn die Offiziere zu hart durchgreifen, dann steigt die Gefahr der Meuterei und das will der Mandarin nicht – und der Kaiser schon gar nicht.

Shen, der Mann von Lui Nan, war letzte Woche bei einem solchen Raubzug dabei und das kleine Schwein, was sie mitbrachten, hat mächtig Radau gemacht und mit seinem Quieken die halbe Kaserne geweckt. Die Hauptleute wurden bestochen, indem man sie zum Schmaus einlud, aber die Sache ist dann doch herausgekommen, weil der bestohlene Bauer ein Privatpächter des Mandarins ist. Der hat die „Sau sehr hochgehängt" und eine amtliche Untersuchung des Diebstahls gefordert. Jetzt versucht jeder seine Haut zu retten. Die Offiziere und Hauptleute gehen mit gespielter Empörung gegen die Nachträuberei vor und es werden deftige Strafen angekündigt. 40 Stockschläge für die Anführer und 20 für alle Beteiligten.

Zum Auspeitschen müssen alle antreten und die Henkerskneche schlagen unbarmherzig zu, wenn sie mit dem Delinquenten eine Rechnung offen haben. Wenn die Haut der Verurteilten nicht aufplatzt, kann es schon passieren, dass der Auspeitscher sich gleich daneben- knien muss. Es ist hart, die kommenden Tage mit blu- tigem, dann eiterndem Rücken den Tagesdienst zu tun oder irgendwie abgeduckt über die Runden zu kom- men. Wenn man sich keine Entzündung einfängt, ist die Bestrafung zu überstehen – mancher hat einen ziemlich vernarbten und gegerbten Rücken …

Soldat zu sein ist nur vorteilhaft, wenn die Truppe sieg- reich oder auf langen Märschen durch das Land unter- wegs ist. Dann gibt es Abwechslung, dann gibt es Beu- te, dann sind die Offiziere nachsichtig, weil sie keinen ihrer Soldaten verlieren wollen – schon gar nicht an die feindliche Truppe. Über Jahrhunderte ist der chinesi- sche Soldat nur auf sich selbst bedacht und wenn der Feind bessere Bedingungen vermuten lässt, dann wech- selt man schnell mal die Fronten. Es ist halt lukrativer, einem Stärkeren zu dienen, als mit dem Schwächeren in den Tod zu gehen.

Doch Krieg ist zurzeit nicht und eine Auspeitschung ist eine kleine Abwechslung, zumindest für die Zuschauer. Shen bekommt nur 20 Hiebe, aber mit seinem blutigen Rücken darf er sich nicht aus der Kaserne entfernen, das würde als Flucht angesehen. Die einzige „Behand- lung" ist ein Schwapp abgekochtes, lauwarmes Was- ser, das Desinfektion und Linderung bringt. Was auch verboten ist, aber die Schmerzen erträglich macht, ist eine dicke Pfeife Opium. Seit der Opiumkriege und dem strikten Verbot der Droge im ganzen Land wird heimlich geraucht. Für die Stadtbewohner gibt es die Opiumhöhlen in den schmutzigsten Vierteln und für die Soldaten bei den Latrinen. Dort stinkt es sowieso entsetzlich und die Vorgesetzten meiden solche Stellen grundsätzlich. Den Raucher stört der Gestank nicht, er hat nur den süßen Rauch im Sinn und für seinen Rausch ist es wichtig, dass er in Ruhe gelassen wird. Im halb wachen Zustand vor sich hindämmern, den süßen Geschmack im ganzen Körper spüren und unerfüllbare Pläne oder grausame Rache schmieden. Hier liegt Shen auf einer Bank. Er liegt auf dem Bauch, damit ein Kamerad ihm mit einem Fächer die Fliegen vom verwundeten Rücken jagen kann. Wenn sie an diesem ekeligen Ort erst ihre Eier in die Wunden legen, kann das schnell das Ende durch eine seuchenhafte Krankheit sein. Shen singt halblaut ein Lied vom Fluss vor sich hin, ein Lied der Heimat von einer schönen Fischerin, von der wärmenden Sonne und einer Blume aus Jade.

So findet ihn der Besucher vom Himmelsstern. „Shen, großer Bruder, unser Dorf ist vom Strom zerstört. Alle leben, aber keiner hat mehr ein Haus. Wir hocken auf dem Himmelsstern und warten, bis der Schlamm trocken ist." „Himmelsstern, Himmelsstern, hier leben auch die Götter gern", lallt Shen. Er dreht sich halb zur Seite und fragt: „Wer bist du, kleiner Bruder? Hast du etwas Rauch für mich? Bringst du mir Rauch vom Himmelsstern?" „Nein, Shen, ich komme, um dir zu sagen, dass deine Frau ein Kind bekommt – sicher hat sie es schon." „Meine Frau, ein Kind? Einen Sohn, einen Nachkommen, einen göttlichen Sohn, der mir einmal opfern wird? Aber vorher brauche ich Rauch, verstehst du, Rauch gegen die Schmerzen. – Einen Sohn? Sag, es ist doch ein Sohn oder hat mir die Schlange von Weib gar ein Mädchen in die Furche gelegt? „Shen, ich weiß es nicht, als ich deine Frau das letzte Mal sah, hat sie sich in den Wehen gequält." Was er da im Halbdunkel gesehen hat, will er nicht sagen, das könnte den

Ehemann sehr wütend machen. „Es ist jetzt drei Tage her, dass ich dich gesucht habe. Sie wird ihr Kind sicher bekommen haben, aber ich kann dir nicht sagen, ob es ein Junge oder ein Mädchen ist." „Dann lauf schnell zurück und bringe mir die Nachricht, dass ich einen Sohn habe. Shen, Nachkomme des Weng Wang, du hast einen Sohn." Plötzlich erhebt er sich, hält sich krampfhaft an einer Stange fest und brüllt: „Ich muss zu meinem Sohn, ich habe einen Sohn, ich will meinen Sohn sehen." Der Kamerad mit dem Fächer sagt: „Du kannst so nicht los. Zwei Tage müssen deine Wunden noch heilen. Mach keine Dummheiten, komm, leg dich her, ich besorge dir noch einen Rauch." Und zu dem jungen Besucher: „Hier, nimm den Fächer, lass keine Fliegen in die Wunden scheißen und sieh zu, dass er nicht abhaut. In seinem Zustand übersteht er das nicht – und wenn sie ihn im Rausch antreffen, ist er ein Mann des Todes. Sie werden ihn in einem Schauprozess hinrichten, zur Abschreckung. Das ist seit dem kaiserlichen Beamten Lin Zexu so. Wer das tödliche Verderben des Volkes raucht oder gar handelt, wird öffentlich geköpft." Verängstigt fragt der junge Mann: „Wie lange wird es dauern, bis er mit mir laufen kann?" „Ich sage doch zwei Tage, dann kann er gehen, wenn sie ihn von hier weglassen." Shen hat sich schwerfällig wieder auf die Bank gesetzt, aber bei dem letzten Halbsatz ist er wieder aufgesprungen: „Mich nicht weglassen? Wer will mich nicht weglassen? Und wenn ich fliehe und vorher hier alles in Brand stecke, ich will zu meinem Sohn!" Er sackt auf die Bank zurück und atmet schwer. Der unglückliche Bote macht einen vorsichtigen Versuch: „Großer Bruder Shen, ich weiß es ja nicht, ob deine Frau wirklich einen Sohn bekommen hat, es könnte ja auch ein Mädchen sein." „Dann soll sie es ertränken, totschlagen, den Geiern zum Fraß hinwerfen. Ich will einen Sohn, verstehst du, der große Shen hat einen Sohn und ich will ihn sehen, jetzt!" Er bemüht sich aufzustehen, aber es gelingt nicht. Das Opium hat ihn ausgezehrt und wie alle im Rausch hat er seit Tagen nichts gegessen. Er ist völlig ausgelaugt und kraftlos. „Komm, leg dich hin, ich will dir Luft fächern und die Fliegen verjagen." Mit sanftem Druck bringt er Shen wieder dazu, sich auf den Bauch zu legen.

Nach zwei Tagen geht Shen mit seinem Besucher in die Schreibstube, um eine Besuchserlaubnis zu bekommen. Der junge Mann ist wichtig, weil er bezeugen kann, dass im Dorf von Shen die Überschwemmung großen Schaden angerichtet und dass die Frau ein Kind bekommen hat. Der Offizier will natürlich wissen, ob das Kind ein Junge oder Mädchen ist. Jetzt muss der Bote mitspielen und er berichtet voller Überzeugung, dass Shen einen strammen und gesunden Sohn hat und dass seine Frau darauf wartet, ihm endlich den Nachfolger zu präsentieren. „Und wer sagt mir, dass ihr euch die Geschichte nicht nur ausgedacht habt?" Zu Shen gewandt: „Dich kenne ich, dir traue ich nicht. Zeig mal deinen Rücken." Shen zieht vorsichtig sein Hemd über den Kopf und der Offizier tastet die Striemen ab, die einen festen Grind gebildet haben. „Na, sieht gut aus. Hätte nicht sein müssen, du lahmer Schakal. Lässt sich bei der Futtersuche erwischen und so etwas sind meine Soldaten! Wie soll ich mit denen Kriege gewinnen?" Mit einer abwertenden Handbewegung wendet der Offizier sich dem jungen Besucher zu. „Und du, warum bist du noch nicht in meinem Sold? Du siehst kräftig aus und könntest einen guten Kämpfer abgeben. Kannst du reiten?" „Nein, Herr Offizier, ich kann noch nicht

auf einem Pferd reiten, auf einem Wasserbüffel schon."
Alle lachen miteinander. „Wir werden es so machen:
Während Shen nach Hause geht, nach dem Rechten
sieht oder gleich ein neues Kind macht, bleibst du hier
und wirst seine Stelle ausfüllen. Ich werde dich beobachten, ob du mal ein guter Soldat werden kannst."
Der junge Mann ist zutiefst erschrocken. Er will doch
nicht zu den Soldaten. Er möchte den Eltern helfen,
die Hütte wieder zu errichten und dann beschaulich
mit dem Wasserbüffel durch die Furchen ziehen. Doch
nicht in die Stadt zu den Soldaten! Was er dort vor der
Latrine gesehen hat, das reicht ihm, und den süßlichen
Qualm des Opiums hat er noch gut in der Nase. „Nein,
nein, ich muss auch wieder zurück in unser Dorf. Meine Eltern sind alt und brauchen mich, ich muss unsere
Hütte wieder mit aufbauen. Ich tauge sicher nicht zum
Soldaten, ich kann ja nicht einmal reiten! Und außerdem will ich lieber mit meinen Tieren im Raum schlafen als mit so vielen Soldaten."
„Du wirst dich daran gewöhnen und außerdem ist es ja
nur so lange, bis Shen wieder zurückkommt." Zu Shen
gewandt: „Du weißt, dass deine Soldkasse gut gefüllt
ist. Wenn du nicht wiederkommen solltest, ist das ganze
Geld weg." Er blättert in einem Stapel Papiere und sagt
dann: „In zwei Jahren ist dein Dienst beendet. Dann
zahle ich dich aus oder du bleibst noch einmal ein paar
Jahre bei mir. Überleg dir's und keine Tricks. Wie viele
Tage wirst du weg sein?" „Eine Woche Herr Offizier,
eine Woche nur." „Klar, mehr steht dir auch nicht zu –
und wegtreten." Der junge Mann drückt sich noch vor
Shen aus der Tür, da hört er die derbe Stimme des Of-
fiziers. „He, du Landei, du bleibst hier. Komm zurück
und lass dich registrieren." Er stockt und man sieht ihm
an, dass er mit sich kämpft, jetzt zu fliehen. Aber Shen

hält ihn am Arm fest und sagt: „Wenn du jetzt türmst, dann lässt der mich nicht los. Komm, bleib hier, ich muss zu meinem Sohn. Die eine Woche wirst du schon überstehen. Ich zeige dir dann meine Liege und stelle dich bei meinen Kameraden vor." Der Offizier ist jetzt sehr kurz angebunden, er will keine Diskussion. „Also eine Uniform bekommst du nicht erst. Ihr tauscht jetzt die Jacken und in einer Woche bist du wieder hier. Dann kann der Büffelreiter wieder zurück nach Hause oder was davon noch übrig ist."

In dem engen Schlafraum liegen an den Außenwänden Matten und Strohsäcke auf dem Boden. Auf jeder Seite 20. Manche Lager sind aufgeplatzt, das Stroh macht sich selbstständig, andere bestehen nur aus einer Bambusmatte und einer dünnen Decke. Die persönliche Habe hängt in einem Sack an einem Nagel über der Lagerstätte an der Wand. Weil es regnet, kochen einige Soldaten ihr Essen im Raum. Es riecht nach feuchtem Stroh, nach Schweiß, Ruß und angebranntem Gemüse. Die Matte von Shen ist in gutem Zustand, darauf wird der Gast gut schlafen können. Shen lässt sich noch einmal erklären, wo er seine Frau mit dem Sohn finden wird, und mit ein paar zotigen Bemerkungen über Weiber und Kinder verlässt er den Schlaf- und Aufenthaltsraum der Soldaten. Sein Besucher begleitet ihn noch ein paar Schritte durch die Stadt und kommt dann mit sehr gemischten Gefühlen zurück zu den Soldaten. Als er zur angewiesenen Schlafstatt will, merkt er, dass ihm jemand die Matten vertauscht hat. Statt der ordentlichen Bambusmatratze liegt da eine zerschlissene Strohmatte mit zwei dreckigen Lappen. Er protestiert und will Shens Matte zurück, aber die anderen im Raum ignorieren ihn einfach. Wenn er einen Soldaten direkt fragt, dreht der sich nur gelangweilt herum und zeigt

ihm den krummen Rücken oder er wird angebellt, endlich die Fresse zu halten. Die Nacht wird schrecklich,
wie wird erst der neue Tag sein?

Shen muss bis zum Morgengrauen mit seiner Wande-
rung am Fluss entlang warten. Wohin jetzt in dieser
Nacht? Etwas Geld hat er dabei. Soll er sich einen Rauch
kaufen? Aber da ist er am nächsten Tag vielleicht nicht
früh genug auf den Beinen. Die Versuchung ist zu stark,
als er an den niedrigen Hütten vorbeikommt und den
ersten Rauch riecht. Der Handel dauert so seine Zeit,
da ihm der Dealer minderwertiges Opium zu überteu-
ertem Preis anbietet. Doch Shen ist nicht zu übertöl-
peln, er kennt das Geschäft. In einem Hinterzimmer, in
das sich nicht einmal die Polizei wagt, zieht er genussvoll
an einer verdreckten Pfeife. Jetzt ist ihm alles egal. Über
drei Stunden liegt er da, sieht sich in einem schmucken
Haus mit vielen Kindern. Dienstmädchen bringen frische Getränke und schmiegen sich an ihn. Das weckt
neue Gefühle und er tritt wieder in die nächtlichen Gassen. Es steuert auf das Viertel unten am Fluss zu, was
vom Hochwasser auch arg verwüstet wurde. Überall
stinkt es nach fauligem Wasser und Schlamm, doch das
Bordell ist bereits wieder in Betrieb. Es sind einige Kulis,
Soldaten und Matrosen da. Die Frauen sind von Krankheiten gezeichnet, sie sind schmutzig, aber billig. In den
Armen einer älteren Frau muss er die ganze Zeit nur an
seine Frau denken, die einen Sohn hat. Seine Frau, die
sich ihm morgen willig und wild hingeben wird, vielleicht bereit für einen zweiten Sohn. Während die Frau
sich mit einem weiteren Mann beschäftigt, liegt Shen
daneben auf ihrem Lager und schläft den letzten Rest
seines Opiumrausches aus.

Am Morgen gibt es für den Hurenlohn noch eine kos-
tenlose Schale Tee und dann macht sich Shen auf den

Weg. Er kennt den Weg entlang des Flusses, aber er kann ihn nicht mehr finden. Zu stark hat das Wasser gewütet und er kommt nur mühsam voran. Jetzt meldet sich auch der Hunger, aber es ist nichts Essbares zu finden und er steigt zu einen Dorf hinauf, was von der Flut verschont geblieben ist. Vor einem schiefen und ärmlichen Haus hockt eine alte Frau mit einer Schale Reis, die sie mechanisch und gedankenlos mit den Stäbchen in den zahnlosen Mund schiebt. „Ni hao, ehrwürdige Mutter, hast du für einen Wanderer auch ein Schälchen Reis? Ich bin auf dem Weg zu meinem Sohn und habe seit gestern Mittag nichts mehr gegessen." „Du siehst gut genährt aus, du hast keinen Hunger!" „Oh doch, ehrwürdige Mutter, ich bin bei den Soldaten und habe erfahren, dass ich einen Sohn habe. Ich muss nach Hause zu meiner Frau. Unser Dorf liegt noch fünf Stunden weiter flussabwärts." Die Alte blickt nicht von ihrer Schale auf, die sie hastig leert, und sagt schmatzend und undeutlich: „Deine Frau wird dir Reis und Fleisch kochen, wenn sie es nicht macht, dann weißt du ja warum, Soldat!" Es ist zwecklos, Shen muss weiter, aber ehe er wieder runter zum Fluss steigt, bekommt er von einem Bauern doch noch etwas zu essen, er muss allerdings dafür den Büffelstall ausmisten.

Es sind nicht nur fünf Stunden, sondern Shen kämpft sich bis zum Abend am unwegsamen Flussufer entlang. Dann entdeckt er das Schiffswrack und erreicht es noch im Halbdunkel. Lui Nan hockt auf einem sandigen Fleck, an die Schiffswand gelehnt und stillt ihr Kind. An einem vom Hochwasser verkrüppelten Baum hängen ein paar Stofffetzen zum Trocknen, die Windeln. Und dann steht Shen vor seiner Frau. Ihr kommen Tränen der Freude und nachdem Shen sich überzeugt hat, dass sie nicht beobachtet werden, küsst er Nan zärtlich auf den Mund. Er nimmt das Kind von der Brust, was dem so gar nicht gefällt. Es fängt an, lauthals zu schreien. Aber Shen hebt es hoch, wirft es sogar ein Stück in die Luft und ruft voller Stolz: „Mein Sohn, mein Nachkomme, mein Stolz, mein Leben!" Zu Lui Nan, die jetzt ängstlich von unten hochschaut, sagt er: „Hast du schon einen Namen für ihn? Ich denke, wir wollten ihn Shen-Shen nennen, der Sohn des Shen." Lui Nan weiß, dass sie ihren Mann schwer enttäuscht, wenn sie ihm die Wahrheit sagt. Immer wieder will sie vorsichtig die Bemerkung fallen lassen, dass ihr Kind ein Mädchen und kein Junge ist, aber Shen ist so vernarrt und redet ständig davon, was aus dem Jungen einmal werden wird.

Von der Unterkunft im Wrack ist Shen entsetzt, aber er weiß, dass es nichts Besseres in der verwüsteten Gegend gibt. Lui Nan hat trockenes Reisstroh besorgen können, so liegen sie wenigstens nicht auf den groben Brettern. Aus Schlamm hat sie eine ebene Fläche geformt, die inzwischen hart und trocken ist. Darauf aus drei Steinen eine Feuerstelle für den Wok und eine größere Blechdose konnte sie besorgen, mit der sie jetzt einen Wasservorrat aus dem Fluss holen kann.

Peng ist inzwischen zu ihrer Familie zurück, kommt aber jeden Tag einmal vorbei, um nach der jungen Mutter und dem Kind zu sehen. Immer hat sie eine Kleinigkeit zu essen dabei, denn die Dorfbewohner auf dem Himmelsstern sind längst losgezogen und haben in höher gelegenen Dörfern Nahrungsmittel und Saatgut besorgt. Die ersten haben schon begonnen, Mais zu stecken und Reispflanzen vorzuziehen. Das Leben normalisiert sich langsam wieder, allerdings so ärmlich wie immer.

Die erste gemeinsame Nacht hat sich das junge Paar anders gedacht. Nun liegen sie nebeneinander, Lui

Nan kann ihren Mann noch nicht wieder zu sich lassen, aber sie liegt wach und grübelt darüber nach, wie sie ihrem Mann die große Enttäuschung beibringen soll. Shen schläft auch nicht. Er denkt darüber nach, wie er die wenigen Tage nutzen kann, seinem Sohn und der Mutter ein besseres Zuhause zu bauen. Oder soll er einfach hierbleiben? Nein, das kann er nicht, denn dann ist sein ganzer angesammelter Sold verloren. Wie viel wird es sein, was er in zwei Jahren ausgezahlt bekommt? Wird es reichen für ein richtiges Steinhaus auf sicherem Gelände? Vielleicht kauft er sich ein Schiff und verdient damit gutes Geld im Handel den Jangtse hinauf und herunter? Land wird er sich nicht kaufen, das macht zu viel Arbeit, allerdings, wenn man heimlich Mohn anbaut, kann man viel Geld verdienen – ach ja, jetzt eine Pfeife Opium, das wäre himmlisch ...

Am Morgen ist es dann passiert. Lui Nan wollte die Windelfetzen schnell wechseln, aber Shen, ganz vernarrt in seinen Sohn, ist schnell auf den Beinen und entdeckt vor sich auf dem Boden ein Mädchen. Lui Nan, die vor dem Kind kniet, hält die Luft an und weiß, dass jetzt irgendetwas Schlimmes passiert. Es ist ein Schrei, wie der Schrei eines verwundeten Tieres. Mit einem Fußtritt schleudert Shen das kleine Bündel gegen die innere Schiffswand. Lui Nan ist mit einem Satz beim Kind und schützt es mit ihrem ganzen Körper. Aber auch sie trifft ein kräftiger Tritt und während der zutiefst enttäuschte Vater das Wrack verlässt, hört sie nur die verletzenden Worte: „Hast du Schlangenweib mir nur ein Mädchen bringen können? Ein von allen Göttern verfluchtes, unnützes Mädchen, eine Schande für die ganze Familie. Verfluchte Schande."

Es dauert ein halbes Jahr, bis sich Shen wieder sehen lässt. Lui Nan hat ein Feld mit Mais und Gerste angelegt. Die Pflanzen stehen prächtig, der Schlamm hat viele Nährstoffe mitgebracht. Für Reis konnte sie keine Stelle in unmittelbarer Nähe des Wracks finden, dafür ist das Land hier zu trocken. Andere haben unten am Fluss ihre Reisfelder wieder angelegt selbst auf die Gefahr, dass bei einem erneuten Hochwasser die Felder wieder zerstört werden. Aber Reis braucht viel Wasser und das ist nur dort zu haben. Wasser ist auch die Lebensgrundlage für Lui Nan geworden. Sie trägt an einer Bambusstange zwei Wassereimer, das Kind mit einem Tuch auf den Rücken gebunden. So schleppt sie Trinkwasser vom Fluss zu den Dorfbewohnern, die inzwischen fast alle wieder eine einfache Hütte in die Ebene zwischen Fluss und Himmelsstern gebaut haben. Hütte bei Hütte bedient sie so und wird mit Reis, Gemüse und Kleinigkeiten bezahlt. Peng bekommt jeden Tag einen Eimer Wasser umsonst. Lui Nan ist ihr noch heute dankbar für die Hilfe damals bei der Geburt und in den schweren Tagen danach. Am Abend schmerzen die Schultern und die Füße, aber so kann sie ihren Alltag meistern. Sie ist froh, von der Dorfgemeinschaft akzeptiert zu sein. Viele freuen sich mit, wenn ihr Kind auf dem Rücken vor Freude quiekt. Niemand stört sich mehr daran, dass es „nur" ein Mädchen ist. Sorge macht ihr das Huhn. Seit Tagen gibt es kein Ei und es frisst und scharrt auch nicht mehr so fidel wie die Tage zuvor. Soll sie es schlachten, ehe es stirbt?

Als Shen unerwartet auftaucht, ist das die letzte Stunde des Huhnes. Lui Nan bereitet dem Heimkehrer ein prächtiges Essen, es ist wie ein Zeichen der Vergebung – oder der Entschuldigung, dass sie ihm nur ein Mädchen geboren hat. Von dem schmerzlichen Abschied sprechen sie beide nicht, das ist irgendwie vorbei. Auch nimmt er sein Kind hoch und will es mit Grimassen zum Lachen bringen, aber das Mädchen ist dem fremden Mann gegenüber misstrauisch und blickt ängstlich zur Mutter. „Wie wollen wir das Mädchen denn nennen", fragt Shen unvermittelt. „Hast du einen Vorschlag?" „Das ist doch die Sache des Vaters, du musst bestimmen, wie sie heißen soll, ich habe sie bisher nur mit ‚Engelchen' angeredet." „Wie wäre es mit Lui Shen? Dann hat sie von uns beiden etwas." Mit dem Vorschlag ist Nan sehr einverstanden, weil er doch ausdrückt, dass Shen sein Mädchen nun wirklich angenommen hat.

Als sich die Nacht über den Fluss breitet, leuchtet im Schiffswrack eine Öllampe und Lui Shen muss den angestammten Schlafplatz in den Armen der Mutter räumen. Heute ist ihr Mann da und er flüstert ihr ins Ohr: „Komm, lass uns einen Sohn machen!" „Gern, ich habe dich so vermisst, ich brauche dich, ich liebe dich, mein lieber Shen." Mehrere Tage kann er bleiben, aber Lui Nan ist beunruhigt, weil sich ihr Mann nicht um die bescheidene Unterkunft im Wrack kümmert – und da wären ein paar kräftige Männerhände nötig –, sondern stundenlang apathisch im Schatten des Bootes liegt und raucht. Der süßliche Geruch des Rauches ist ihr unbekannt, aber sie ahnt, dass es sich um das verbotene Opium handeln muss. Fragen will sie ihn nicht, wenn er so mit glasigen Augen daliegt, in die Ferne starrt und sich nicht einmal von Lui Shen aus der Ruhe bringen lässt. Abends, wenn er sich gierig auf sie stürzt, will sie auch nicht fragen. Es wird schon alles gut werden, wenn er erst ganz bei ihr sein wird. „Wie lange wirst du denn noch bei den Soldaten bleiben? Wann wirst du ganz zu uns kommen?" „Vielleicht ein Jahr, vielleicht länger, ich weiß es nicht." Das klingt nicht gut in den Ohren von Nan, aber sie wagt nicht weiter zu fragen. Sie hat es schon von ihrer Mutter gelernt, dass Frauen nicht alles wissen müssen, dass sie sich den Entscheidungen der Männer unterzuordnen haben. Und so muss sie ihn wieder in die Stadt zur Garnison ziehen lassen und sie weiß nicht einmal, wann sie ihren Mann wiedersehen wird. Die kurze Zeit der gemeinsamen Tage war viel zu schnell vorüber.

Lui Nan ist wieder schwanger. Eine Unsicherheit beschleicht sie oft in der Nacht – wenn es wieder ein Mädchen ist? Nicht auszudenken. Für sechs Wassereimer kauft sie bei einer Familie fünf Räucherstäbchen. Mit denen steigt sie hoch zum Himmelsstern und opfert sie vor dem verwitterten Buddha mit der eindringlichen Bitte, dass das neue Kind doch ein Jungen werden möge.

Die Götter haben sie nicht erhört, es wurde wieder ein Mädchen. Shen war die ganze Zeit über nicht gekommen und so wusste er nichts von der Schwangerschaft und der erneuten „Schande" und er soll es auch gar nicht erfahren. In ihrer Not und der Angst vor ihrem Mann kommen Lui Nan die Worte von Peng in den Sinn, dass es doch da eine Mission der Christen gibt, wo man Waisen und unliebsame Kinder abgeben kann. Sie hat das zweite Mädchen innerlich auch nicht angenommen und so fällt ihr der Weg zu den Christen nicht schwer.

Der Weg am Fluss ist längst wieder begehbar. Viele Menschen sind mit ihren großen Körben an der Bambusstange unterwegs – flussauf und flussab. Im Takt der Schritte wippen die Lasten auf beiden Seiten und täuschen so ein leichteres Gewicht vor. Lui Nan hat Lui Shen bei Peng gelassen. An ihrer Bambusstange hängt links ein Korb mit frischem Gemüse und rechts in einer flachen Reisschale ihr zweites Mädchen. 40 Li sind es bis zur Mission, das kann sie in fünf Stunden schaffen. Aber unterwegs schreit das Mädchen nach Milch und es muss gestillt werden. Viel Zeit geht dabei drauf, weil Nan den Eindruck hat, ihr Körper will die Milch gar nicht hergeben. Wehrt er sich auch gegen das neue Menschenkind?

Dann endlich sieht sie auf einer leichten Erhöhung am Ufer ein Dorf mit festen Häusern. Sie sehen irgendwie anders aus als die Häuser sonst hier in den Dörfern. In der Mitte ragt ein großes weißes Kreuz über die niedrigen Bauten. Und tatsächlich, wie es Peng beschrieben hat, steht unten am Fluss, wo der Weg entlangführt, eine weiße Frau mit einem strahlenden Gesicht. Um ihren Kopf ist ein Kranz aus Blüten und Sternen und die Hände sind zusammengelegt wie beim Gebet zu Buddha. Aber diese Frau ist nicht verklärt und in sich selbst vertieft, sie ist schlank, jung und blickt zum Himmel hinauf, genau in die Richtung, wo dieses fremde Dorf ist. Von dort hört Nan jetzt eine helle Glocke. Die Sonne geht langsam unter und scheinbar ist das ein Zeichen, dass jetzt die Tore zugemacht werden. Deshalb eilt sie die Stufen nach oben, aber es gibt keine Tore. Sie steht auf einem Platz, auf dem sich auch das Kreuz befindet. Aus einem größeren Haus hört sie Gesang, fremd, aber schön. Vorsichtig geht sie zu diesem Gebäude, um mehr zu erfahren, da kommt ihr von dort eine Frau entgegen. So etwas hat Nan noch nie gesehen. Es ist eine Ausländerin, so eine weiße, man sieht es an ihrem Gesicht. Mehr kann man nicht erkennen. Sie trägt ein langes schwarzes Kleid und das Gesicht ist mit einem weißen Ring umgeben, der sich wie eine Haube über den ganzen Kopf erstreckt. Man kann nicht einmal sehen, was sie für eine Haarfarbe hat. Sie ist auch viel größer als die Chinesinnen. Nan ist so erschrocken, dass sie schon davonlaufen will, wieder runter zum Fluss. Da ruft ihr aber die Frau in gutem Chinesisch zu: „Hallo, junge Schwester, bleib hier. Komm, hab Vertrauen, wir können dir helfen." Lui Nan bleibt stehen, ist aber sprungbereit für die Flucht. Die verkleidete Frau kommt langsam näher, sie schwankt nicht so, wie die Chinesen beim Laufen, sie schwebt mehr über den Boden. Sie reicht Lui Nan die Hand zum Gruß und sagt: „Ich bin Olivia, eine von den Barmherzigen Schwestern des Franziskanerordens. Sei uns willkommen. Wir feiern gerade unsere Abendmesse in der Kirche. Danach gibt es Abendessen, du darfst gern unser Gast sein." Nan kann ihr jetzt in die Augen blicken und sie merkt sofort, dass sie vor dieser Frau keine Angst zu haben braucht. Den Ausdruck von Güte und Vertrauen hat auch Peng manchmal in ihren Augen. „Ist das dein Kind?", fragt sie, als der Säugling wieder zu wimmern beginnt. „Komm, setz dich in die hinterste Reihe unserer Kirche, da kannst du deinem Kind die Brust geben. Hier sind alles Frauen, keine wird sich daran stoßen." Begierig saugt das Mädchen nach der Milch und Nan hat den Eindruck, dass sich ihr Körper hier entspannt. Die Gesänge sind fremd, aber sie wirken beruhigend auf das Kind und die Mutter.

Nach der Messe schwirren alle aus der Kirche auf ein anderes größeres Gebäude zu. Als sie an der stillenden Nan vorbeikommen, nicken sie ihr zu und viele schauen neugierig in die Bank. Jetzt kann sie auch erkennen, dass viele Kinder mit dabei sind. Sie halten sich aneinander und werden zum Teil von den Schwestern an den Händen geführt. Kinder, die noch nicht laufen können, werden von größeren Kindern getragen. Es sind mehrere solche verhüllte Schwestern dabei. Es sieht gespenstig aus in dem schummrigen Kerzenlicht die schwarzen Gewänder mit den hellen umrandeten Gesichtern. Lui Nan muss unwillkürlich an Tauben denken, wie sie so über den Hof trippeln. Eine bleibt zurück und wartet geduldig, bis der Säugling genug getrunken hat. „Komm mit uns, wir essen jetzt gemeinsam, du bist unser Gast." „Aber ich kann nichts bezahlen, ich bin eine arme Frau", sagt Lui Nan unsicher. „Kein Problem, Gott versorgt uns alle und wir geben es nur weiter." Wie selbstverständlich wird ihr am Abend auch ein Schlafplatz angeboten.

Bisher hat noch niemand gefragt, was sie hier eigentlich will. Obwohl sie durch den langen Weg ziemlich kraftlos und müde ist, kann Lui Nan nicht schlafen. Wie soll sie den gütigen Leuten hier sagen, dass sie ihr Kind nicht behalten kann? Sie hört ihr Mädchen neben sich atmen und es will ihr das Herz zerreißen, dass sie dieses schöne Kind einfach so weggeben soll. Werden die Schwestern ihr denn überhaupt die Geschichte glauben? Dann beginnt das Kind wieder zu weinen, weil es Hunger hat. Sie stillt es mit Tränen in den Augen und in ihr schreit alles dagegen, dieses Kind loszulassen. Nein, sie kann es nicht tun, sie wird ihr Kind nicht an Fremde geben, es ist ihr Kind, ihr Mädchen, was sie von Stunde zu Stunde mehr liebt.

Im zarten Morgengrauen stillt sie es wieder. Wie es da an der Brust saugt, öffnet es leicht die Augen blickt zur Mutter und Nan ist es, als ob das Kind den Mund zu einem Lächeln verzieht. Nein und nochmals nein, sie kann das Kind nicht verlassen. Aber dann denkt sie an ihren Mann und fast spürt sie wieder den harten Tritt, sieht vor sich die kleine Lui Shen über die Schiffsplanken fliegen und ihr ist klar: Nie wird ihr Mann ein zweites Mädchen akzeptieren, nie! Aber wie soll sie das den

Schwestern erklären? Wie soll sie das Unsagbare sagen, ohne das Gesicht zu verlieren? Einen Moment hat sie den Gedanken, einfach ihr Mädchen gegen einen gleichaltrigen Jungen zu tauschen, aber das würden die Schwestern sicher nicht zulassen. Verstehen vielleicht, wenn sie schon länger in China leben. Dann steht Lui Nan plötzlich auf, ordnet ihr Kleid und drückt ihrem Mädchen einen hastigen Kuss auf die Stirn. Ohne dass sie von jemandem gesehen wird, rennt sie über den Hof und auf den Weg hinunter zum Fluss. Jetzt traut sie sich laut zu weinen, sie schreit ihre Verzweiflung und ihre Abscheu gegen sich selbst heraus und hastet dem Fluss entgegen, weg von hier, weg nach Hause, weg zu einem neuen Leben ohne die Last eines zweiten Mädchens. Es wird Zeit ihres Lebens eine Last bleiben, dass sie ihr eigenes Kind ausgesetzt, schmählich die Gastfreundschaft der Schwestern ausgenützt hat und feige davongerannt ist. Zweimal bleibt sie unterwegs stehen, geht sogar mal ein, zwei Li zurück, aber immer wieder ist es die Angst, die sie wegtreibt von der Missionsstation mit ihrem Kind. Sie weiß, dass es dort in guten Händen ist, vielleicht geht es dem Mädchen dort viel besser als im Schiffswrack. Mehr und mehr redet sie sich das ein und sie wird langsam ruhiger.

Als sie ihre erste Tochter Lui Shen in ihre Arme schließt, schaut sie die alte Peng fragend an, aber Lui Nan ist es, als stünde es auf ihrem Gesicht geschrieben, dass sie ihr zweites Kind abgegeben, ausgesetzt, verlassen hat. Und Peng sagt nur: „Glaube mir, es wird ihr dort gut gehen, richtig gut." Doch Lui Nan schießen die Tränen in die Augen und sie wendet sich mit ihrem Kind in den Armen ab. „Selber laufen, Lui Shen schon groß, will ich selber laufen", solche kindlichen Worte bringen Nan in die Wirklichkeit zurück.

Die Soldatenzeit von Shen ist vorbei. Er will nicht verlängern. Die Offiziere sind auch froh, denn Shen ist unbequem geworden. Er ist rebellisch, hat noch zwei Mal die Peitsche gespürt. Alle wissen, dass er inzwischen opiumabhängig ist. Er hat viele Schulden gemacht, die er nun mit seinem ausbezahlten Silber begleichen muss. Der Traum vom Steinhaus, vom eigenen Handelsboot muss ein Traum bleiben. Was er sich aber von seinem Geld kauft, ist der letzte Schrei in der Stadt: Er kauft sich ein Fahrrad, was englische Händler ins Land gebracht haben. Stolz radelt er damit durch die holprigen Straßen und wird von allen bestaunt. Es kommen sogar Menschen aus ihren Häusern, um diese Sensation zu bestaunen, und Kinder erhaschen einen flüchtigen Griff an dieses eiserne Gefährt. Er ist eine Sensation und er genießt dies wie ein stolzer Pfau. Spätestens auf dem Weg nach Hause merkt er aber, wie unpraktisch so ein Zweirad auf den Pfaden und unbefestigten Wegen entlang des Flusses ist. Die Menschen unterwegs und auch jetzt in seinem Dorf bestaunen ihn nicht, sondern halten ihn für übergeschnappt. „Was muss man für ein Affengehirn haben, um sich so einen rollenden Fahrstuhl zu kaufen." Dass er dafür fast sein ganzes Vermögen hingelegt hat, behält er lieber für sich. Auch Lui Nan ist von dieser modernen Erfindung überhaupt nicht begeistert. „Fahr doch auch einmal, dann kannst du sehen, wie schnell man damit unterwegs ist", versucht Shen sie zu begeistern. „Keine zehn Wasserbüffel kriegen mich auf das Ding da. Wenn die Götter gewollt hätten, dass wir uns so vorwärtsbewegen, dann hätten sie uns ja Räder wachsen lassen." Nach wenigen Wochen ist ein Reifen kaputt und das Rad rostet langsam vor sich hin.
Das größere Problem ist aber Shens Opiumsucht. Es gibt Kanäle bis in dieses Dorf, um an den verderbli-

chen Stoff zu kommen, und wer nicht bezahlen kann, der häuft Schulden an. Meist in Situationen, wenn kein Geld in Sicht ist, fordern die Dealer ihre Summen ein und dann hilft nur noch Land, Haus oder Kinder zu verpfänden. Haus und Feld hat Shen nicht und ein Mädchen wird nicht in Zahlung genommen, höchstens wenn es im heiratsfähigen Alter ist. Dann wird, wenn sie gesund sind und breite Hüften haben, ein guter Brautpreis ausgehandelt oder sie landen in einem Bordell. Als die Dealer vor dem Wrack und dem zitternden Shen stehen, kann er nur sein Fahrrad anbieten. Sie nehmen es mit, wollen aber mehr. „Du besorgst dir das Geld bis zum Vollmond, sonst" – sie blicken abfällig zwischen Shen und dem Wrack hin und her – „wird deine Frau verkauft. Sie ist jung und wird gutes Geld bringen."

Shen weiß, dass ihm niemand im Dorf Geld leihen wird. Zu bekannt ist seine Sucht, und dass er als Soldat nicht das große Geld nach Hause brachte, sondern es in ein so unsinniges Fahrrad steckte, macht ihn verdächtig. Warum lebt er immer noch in einem Schiffswrack? Warum hat er für sich und seine Familie nicht längst eine einfache Hütte gebaut? Es wächst ja inzwischen wieder reichlich Bambus und der Fluss bringt nach wie vor Baumaterial aus dem Gebirge. Er sieht nur eine Möglichkeit: Sie müssen weg, untertauchen, verschwinden. Flüsternd beraten sie sich in den Nächten. Lui Nan wüsste einen sicheren Ort, aber das verrät sie nicht, auch hat sie Angst, von den Schwestern zur Rechenschaft gezogen zu werden – und sie hat Angst, ihr ausgesetztes Kind wiederzusehen. Oder wäre das eine Möglichkeit, dort bei der Mission mit zwei Mädchen als Familie zu leben, ganz von vorn zu beginnen? Sicher wird Shen in seiner Notlage es verkraften, dass da noch ein Mädchen da ist. Aber nein, sie verwirft den Gedanken, verschließt ihn in ihrem Herzen und folgt ihrem Mann in die entgegengesetzte Richtung flussaufwärts in die Stadt. Über Nacht verlassen sie heimlich das Wrack zwischen den spärlichen Hütten und gehen zum Fluss hinunter. Lui Nan trägt Shen Nan auf den Arm, obwohl die wieder selbst laufen will. Shen trägt den Hausrat und ihren ganzen Besitz in zwei Decken gepackt an einer Bambusstange. Lui Nan kennt den Weg vom ewigen Wasserholen sehr gut, sodass sie auch jetzt – da noch nicht Vollmond ist – gut vorankommen. Wohin in der Stadt? In die Kaserne – unmöglich. Irgendwo in einer einfachen Herberge? Dafür braucht man Geld. Im heruntergekommenen Stadtviertel bei den Huren wollen sie nur Shen hereinlassen. Hier wäre doch kein Obdachlosenasyl, es sei denn, seine Frau wolle hier „arbeiten". Aber das kann und will er sich nicht vorstellen. So irren sie den ganzen folgenden Tag in der Stadt umher, bis sie todmüde am Abend wieder zum Hafen kommen. Shen findet einen unbewohnten Transportkahn. Er hat keine Kajüte, aber ein halbrundes Dach aus Bambus und Schilf, was das Licht der Sterne, Luft und sicher auch Regen durchlässt. Hier legen sie sich einfach hin, hungrig, antriebslos und hundemüde.

Am Morgen werden sie vom Schaukeln des Schiffes geweckt. Ein Mann ist an Bord gesprungen, entdeckt sie unter dem Halbrund und brüllt: „Was macht ihr hier, hergelaufenes Pack. Das ist mein Boot! Runter hier!" Völlig schlaftrunken blicken die Entdeckten auf und sind schon dabei, ihre wenigen Habseligkeiten zusammenzusammeln. Als der Bootbesitzer ihnen dabei ungeduldig zuschaut, fängt er einen Blick der inzwischen dreijährigen Lui Shen auf. Irgendwie muss ihn das gütiger gestimmt haben. „Habt ihr kein Zuhause? Hat man euch an die Luft gesetzt, weil ihr die Wohnung nicht bezahlen könnt? Warum drückt ihr euch hier im Hafen herum?" Jetzt fühlt sich Shen herausgefordert: „Wir sind ehrbare Bürger aus dem Dorf Zhenyangdao." Das stimmt natürlich nicht, aber Shen will die Fährte verwischen, dass nicht jemand auf den Gedanken kommt nachzuforschen, von wo sie und warum sie geflohen sind. „Wir hatten großes Missgeschick, unsere Dschunke ist abgebrannt und gesunken. Wir haben nur uns und die paar Sachen hier retten können. Ich weiß nicht, warum uns die Götter bestraft haben. Wir sind ehrbare Bürger und friedliche Menschen." Eine Weile blickt der Fremde von Shen zu Lui Nan, dann zu dem Mädchen und wieder zurück. Lui Nan fasst Mut und fragt: „Können wir schnell noch ein Essen machen, ehe wir wieder durch die Straßen ziehen müssen?" „Na ja, meinetwegen, aber habt ihr denn etwas dabei?" „Nein", ist die ehrliche und entwaffnende Antwort. „Wartet hier, ich bringe euch etwas zum Frühstück, aber dann muss ich los." Jetzt bei Tageslicht entdeckt Shen, dass sie in schwarzem Dreck gelegen haben. Das ganze Schiff ist von schwarz-rotem Staub bedeckt. Anscheinend ist es ein kleines Transportschiff für Eisenerz, was hier in der Nähe abgebaut wird. Als Soldaten haben sie mal in so einer Erzgrube einige Verschüttete retten sollen, aber sie waren alle tot.

Nach einiger Zeit kommt der Eigentümer zurück und hat tatsächlich etwas Reis und einige Teigtaschen dabei, in Zeitungspapier eingewickelt. Gierig stürzt sich besonders Lui Shen darauf und die Eltern blicken dankbar zu dem edlen Spender auf, der die Situation irgendwie genießt. „Du sagst, ihr hattet eine Dschunke? Du kannst also ein Schiff steuern?" „Ja, ich bin den Jangtse von Wuhan bis nach Yichiang gefahren, ich kenne mich aus mit den Untiefen von Chan an Chung", lügt Shen mit größter Überzeugung.

Dann ist das kleine Mahl auch schon verdrückt und die ungebetenen Gäste packen ihre Sachen. Shen wuchtet die Bambusstange über die Schulter, die beiden Beutel sind deutlich vom Dreck des Schiffes gezeichnet. Während sich Lui Nan mit vielen Verbeugungen verabschiedet, sagt der freundliche Helfer: „Wenn ihr bis heute Abend keine Bleibe und keine Arbeit gefunden habt, kommt wieder hierher, ich habe da eine Idee." Als letzten Gruß ruft er ihnen nach: „Und Jesus Christus segne euch." Shen weiß damit nichts anzufangen, aber Nan erklärt ihm, dass dieser Jesus der Gott der Christen ist und dass die Menschen dieses Glaubens viel Gutes tun. Eigentlich sind das alles Ausländer aus Europa und Amerika, aber dass auch Chinesen an diesen Gott glauben, das hat sie noch nicht gehört. Später fällt ihr ein, dass vielleicht Peng auch so eine Christin sein könnte, denn sie hat ihr ja auch so viel Gutes getan. Sie würde das gern ihrem Mann erklären, aber sie hat Angst, dass sie sich verplappert und mehr erzählt. Natürlich gibt es auch unter den Chinesen viel gute Menschen, nur warum sind es gerade solche Christen, die ihnen helfen?

Am Abend warten sie wieder auf ihren Gönner, weil sie sich an diesen schwimmenden Reishalm klammern. Was sollen sie schon finden als Familie ohne Geld und Einkommen? Sie sind auch drüben in der Wasserstadt gewesen. Hunderte, wenn nicht gar Tausende von Dschunken, ausgediente Frachtkähne, Bambusboote und Barken liegen dort dicht gedrängt im Fluss. Um an die außen liegenden Gefährte zu kommen, muss man über 20 bis 30 Boote gehen oder über schmale Bretter balancieren. Hier leben jahraus jahrein Schiffer und Fischer mit ihren Familien. Auf den Booten wird gelebt, gearbeitet und gestorben. Kinder werden hier geboren, Alte, Krüppel und Kranke liegen unten im Dreck und Abfall, auf feuchten Matten ohne Tageslicht, und mancher Tote findet hier allzu schnell ein frühes, feuchtes Grab. Am Morgen lichtet sich der Schiffsteppich etwas, weil die Schiffer nach Lasten ausschauen oder die Fischer auf den Strom hinausrudern. Es gibt auch schon größere Dschunken, die mit einem Motor ausgestattet sind. Die bahnen sich rücksichtslos einen Weg durch das Labyrinth. Die kleineren Boote werden gewaltsam zur Seite gedrängt und nicht selten auch schon mal umgestoßen. Es gibt auch Boote, die nach Schwemmholz und herumtreibendem Unrat suchen. Aus allem wird etwas Brauchbares herausgesucht, was verkauft werden kann. Ein erniedrigender Lebensunterhalt, doch hier stört sich niemand daran. Irgendwie muss man überleben. Besonders am Abend, wenn die Schiffe dann zurückkommen, bleibt es jedem Beobachter rätselhaft, wie sich dieser unübersehbare Bootsschwarm wieder zusammenfügt und jeder seine Position im Labyrinth wiederfindet. Dann glühen kleine Feuer in Eisenschalen und schaukelnde Laternen auf den Booten, ein fast romantisches Bild, aber ein Irrlicht bitterster Armut.

Tatsächlich legt in der Dämmerung des Abends das kleine Transportboot wieder am „Hafen" an. Der Schiffer ist schmutzig an seiner ganzen Kleidung, an den Händen und bis ins Gesicht. Das sieht nach schwerer Arbeit aus. Er begrüßt die Familie und sagt dann zu Shen: „Ich habe eine Idee. Willst du mit mir arbeiten? Ich habe mit dem Erztransport gut verdient und mir ein größeres Schiff gekauft. Wenn du willst, kannst du dieses Boot nehmen und mit mir arbeiten. Wir holen

Erz von den Youlong-Gruben und bringen es zur neuen Erzhütte der Luxemburger in Han Yang. Wenn wir gut sind und der Wind günstig steht, schaffen wir zwei Fuhren am Tag. Nachts kannst du mit deiner Familie wieder auf dem Boot übernachten – ihr könnt euch das ja noch etwas wohnlicher einrichten. Viele schlafen hier auf den Booten, aber vielleicht findet ihr auch eine einfache Unterkunft."

Am nächsten Tag nimmt der Schiffer Shen mit auf eine Probefahrt. Er reicht ihm die Hand und sagt: „Ich bin Wang Jiarong." Ein dreieckiges, dreckig braunes Segel wird gehisst. Wang versucht damit den spärlichen Wind einzufangen. Ansonsten muss gerudert werden. Da sie zu zweit rudern, kommen sie gut voran, auch gegen die träge Strömung des Jangtse. Die Rückfahrt mit dem Erz wird dann leichter sein. Shen strengt sich schwer an, um seinem zukünftigen Arbeitgeber zu imponieren. Bald hat er dicke Blasen an beiden Händen, aber er lässt sich nichts anmerken. An einer Stelle müssen sie den breiten Fluss queren und da ist es wichtig, nicht von der Mittelströmung wieder zurückgespült zu werden. Geschickt rudert der erfahrene Bootführer den Kahn so gegen die Strömung, dass sie von ihr geradezu ans andere Ufer gedrückt werden.

Am Erzhafen hat man einen Kanal so angelegt, dass die Boote direkt an die Verladerampe heranfahren können. Hier wird das Erz von Kulis mit Karren und Körben in die Boote geschüttet. Es staubt gewaltig. Die ganze Umgebung ist zur schwarz-roten Wüste geworden. Jeder Grashalm, jedes Blatt, jeder Strauch ist dick mit diesem Dreck bedeckt. Tiere sind nicht zu sehen, nicht einmal Vögel gibt es hier. Auch Shen hat bald um den feuchten Mund, um Nase und Augen schwarze Ränder. Das Verladen muss schnell gehen, weil ständig neue Boote kommen und es schon mal Streit um einen günstigen Platz an Kai gibt.

Die Rückfahrt ist tatsächlich einfacher, weil sich das Boot gut lenken lässt. Jetzt ist auch Zeit, miteinander zu reden. Wang will mehr über Shen wissen und der berichtet von seiner Soldatenzeit, über seinen angeblichen Reichtum und das Feuer, was ihr Hausboot vernichtet hat. Er muss sich hüten, nicht zu viel zu erzählen, dass seine Lügen nicht herauskommen. Bald wäre aber die Zusammenarbeit sehr schnell gescheitert, weil Shen Wang fragt, ob er nicht einen kleinen, einen ganz kleinen Rauch für ihn hat. Aber da ist der richtig böse geworden. „Bist du etwa opiumsüchtig? Wenn du von meinem guten Geld auch nur einen Kandarin in den giftigen Rauch umsetzt, ist Schluss." Bei dem Wort „Rauch" merkt Shen, wie sich in seinem Magen ein starkes Verlangen bemerkbar macht, aber die scharfen Worte seines „Chefs" sind wie eine kalte Dusche. „Nein, nein, ich bin nicht abhängig, wollte nur mal sehen, was du davon hältst. Man weiß doch, dass in den Häfen, in finsteren Teehäusern und Bordellen solche schlimmen Sachen angeboten und geraucht werden. Ich habe damit nichts zu tun, habe ja gar kein Geld dafür." „Na ja, ich kenne das Problem der Süchtigen. Für ihre Sucht haben sie immer Geld oder machen Schulden, bis sie ruiniert sind. Ich habe schon genug Leichen aus dem Wasser gezogen", sagt der andere.

Um schnell auf ein anderes Thema zu kommen, fragt Shen: „Was ist das mit dem Gott der Christen? Du hast am ersten Abend etwas von einem Jeschusch gesagt. Ist das denn wirklich ein Gott?" Nachdem Wang den Kahn in einen Seitenarm des Jangtse hineingesteuert hat, antwortet er: „Jesus ist der Sohn des Himmelsgottes. Er ist auf unsere Erde gekommen und hat sich ge-

opfert für die Sünden der Menschen, auch für meine."
„Dann bist du auch ein Jeschuschmann?" „Ja, aber wir
sagen, wir sind Christen, weil Jesus der Christus, also
der Retter der Welt ist. Wir nennen ihn Jesus Christus, nicht Jeschusch. Christus ist wie ein Titel, so wie
man sagt ‚Erhabener Kaiser‘, so sagen wir Jesus, der
Christus." „Und woher weißt du das und wer sagt, dass
das stimmt?" „Wir Christen haben ein Buch, in dem
das alles steht. Alles von Gott, von Jesus und das, was
Menschen schon vor Tausenden von Jahren mit diesem Gott erlebt haben." „Dann ist das wohl ein sehr
alter Glaube, ist ja erstaunlich, dass es ihn immer noch
gibt", sagt Shen nachdenklich. „Nein, nein, es ist ein
moderner Glaube. Missionare aus Europa haben uns
den Glauben gebracht und weil dieser Jesus auch heute noch lebt, machen wir gute Erfahrungen mit ihm."
„Wieso lebt er? Wohnt er in Europa und wieso glauben
dann sogar Chinesen an ihn?" „Er hat vor fast 2000
Jahren gelebt. Die Gegner haben ihn umgebracht.
Stell dir vor, sie haben ihn wie einen Verbrecher an
ein Kreuz genagelt und da ist er gestorben. Aber nach
drei Tagen ist er wieder lebendig geworden. Er hat sein
Grab verlassen und wieder mit seinen Freunden gelebt.
Nach einiger Zeit ist er unsichtbar geworden, hat aber
ausdrücklich gesagt, dass er weiter unter den Menschen
lebt. Und das haben sie immer wieder gemerkt." „Wie,
das merken die Christen auch heute noch – wie?" Inzwischen sind sie an einigen Schuppen angekommen,
die windschief eine Anlegestelle bilden. In einiger Ent-
fernung ist ein Turm aus aufrecht stehenden Baum-
stämmen zu sehen. Oben wird er etwas schmaler. Das
scheint der Hochofen zu sein, in dem aus dem Erz das
Eisen geschmolzen wird. Hier gibt es zu dem üblichen
Staub auch noch Qualm, der vom Hochofen zur An-

legestelle herübergeweht wird, ein beißender, bitterer Dampf. Weiter abseits sind sogar große Schornsteine zu sehen und Werkhallen, die eher wie riesige Zelte aussehen statt wie Häuser.

Ein Kahn vor ihnen wird ausgeladen. Fast zwanzig Kulis laufen auf einem schmalen Brett mit leeren Körben zum Schiff, füllen sie mit Erz, um dann wie Artisten mit zwei schweren Körben an der Bambusstange wieder nach oben zu balancieren. Dort werden die Körbe in eiserne Loren geschüttet, die auf krummen Schienen zum Hüttenwerk geschoben werden. Ein etwas besser angezogener Chinese steht am Ufer und notiert jeden Korb in eine Liste. Kritisch schaut er auf die schwitzenden Träger. Als einer mit einem nur halb vollen Korb nach oben kommt, wird er wieder zurückgeschickt. Als der zu diskutieren beginnt, droht ihm der Aufseher mit einer dünnen Gerte. Nun muss er eine Lücke abpassen, um wieder aufs Schiff zurückzukommen. Er verliert Zeit für sechs bis zehn Körbe, das wird er bei der Abrechnung merken.

Als der Kahn von Shen und seinem Gönner dran ist, merkt Shen, dass jetzt richtig Arbeit auf sie zukommt, denn sie müssen die Körbe der Kulis füllen. Mit Schaufeln geht das bei dem unebenen Schiffsboden schon schwer genug. Die größeren Brocken packt man mit bloßen Händen an. „Wir können auch einige Kulis zu Hilfe nehmen, aber das schmälert unseren Gewinn. Wenn ich allein bin, muss ich mir den Luxus hin und wieder leisten", sagt Wang mit staubigen Lippen.

Der Aufseher hat genau gezählt, wie viele Körbe vom Schiff gekommen sind und gibt Wang einen Zettel, mit dem der in eine der Hütten, die Zahlstelle, geht. „30 Käsch haben sie heute gegeben, das ist gut und wir sollten eine zweite Tour fahren, auch der Wind ist günstig."

Dann stellt er sich ins knietiefe Wasser und beginnt Gesicht und Hände zu waschen. „Komm her, mach dich sauber, du solltest mal sehen, wie dreckig du bist", ruft er und lacht über Shen. „Es ist wichtig, dass der Staub herunterkommt, sonst frisst er sich in deine Haut und du bekommst bösen Ausschlag." Für Shen ist die Arbeit sehr hart. Als Soldat ist er nie so gefordert worden, aber irgendwie macht es ja auch Spaß. Man sieht, dass man etwas schafft, und es gibt Geld dafür, richtiges Geld auf die Hand. Doch bevor sie wieder losfahren, gehen sie zu einer von mehreren Garküchen hier am Fluss. Es sind eiserne Stände mit einer primitiven Überdachung aus Schilf. Hier wird auf qualmendem Feuer Reis gekocht und Gemüse gebraten, auch Insekten und Würmer als besondere Spezialität gibt es an einem Stand. Der „Chef" lädt seinen zukünftigen Mitarbeiter zu einem einfachen Mahl ein, aber Shen schmeckt es nach den hungrigen Tagen und nach der Schufterei heute wie ein Festtagsmenü.

Die zweite Tour wird doch etwas ungemütlich, es beginnt zu regnen. Im Boot sammelt sich eine schwarze Brühe, aber an der Verladestation staubt es wenigstens nicht mehr so stark. Als sie gut beladen wieder im ruhigen Wasser treiben, will Shen mehr über den fremden Glauben wissen. „Du wolltest mir noch sagen, wie ihr wisst, dass dein Gott auch heute noch lebt." „Das ist nicht einfach zu erklären, denn sehen können wir ihn nicht. Aber wir spüren es und wir wissen es, er ist da und begleitet uns. Weißt du, wenn ich Sorgen habe, dann bete ich zu ihm und oft ändert sich dann die ganze Situation. Auch wenn ich über etwas froh bin, dann danke ich ihm. Weißt du, das Beste an Jesus Christus ist, dass ich vor ihm keine Angst zu haben brauche so wie bei allen chinesischen Göttern. Auch haben wir die

Mutter Maria und Heilige, die für uns bei Gott ein gutes Wort einlegen." „Wieso Mutter Maria, wer ist denn das?" „Maria ist die Mutter von Jesus. Er kam ja als ein Baby zur Welt, na ja und dazu braucht es eine Mutter – aber sie war schon etwas Besonderes!" Nach einer Weile fragt Shen: „Hast du auch eine Frau und Kinder?" „Ja, aber meine Frau ist bei der Geburt unseres Jungen gestorben. So leben wir jetzt bei der Großmutter." „Du hast wenigstens einen Sohn, ich nur eine Tochter", ist die ziemlich unsensible Antwort von Shen, aber das merkt er nicht. „Du steckst ja noch ganz in dem alten Denken von Konfuzius. Weißt du, im christlichen Glauben habe ich gelernt, dass alle Menschen vor Gott gleich sind. Egal ob Mann oder Frau, Mädchen oder Junge." „Wie alt ist denn dein Sohn?" „Er ist jetzt fünf und manchmal fährt er schon mit zum Erz. Ha, da ist er immer dreckig, dass die Großmutter schimpft wie ein Marktweib." „Meine Tochter ist erst drei, aber vielleicht bekommen wir ja bald einen Sohn."

Die Männer müssen sich wieder in die Ruder stemmen, damit das Boot nicht an der Einmündung zum Hüttenwerk vorbeitreibt. Alles ist gut geschafft, obwohl sie diesmal nur 26 Käsch ausbezahlt bekommen. Doch Wang ist zufrieden und drückt Shen am Abend zehn Käsch in die Hand. Kein Reichtum, aber ein Betrag, den er lange nicht zur Verfügung hatte.

Im Hafen warten schon Lui Nan und mit ihr die Tochter, die wie wild dem ankommenden Boot entgegenwinkt. Die Mutter hat eine Plane besorgt und an der Kaimauer das Kochgeschirr aufgebaut. Sie hat nichts zu essen erbetteln können und hofft nun, dass ihr Mann für seinen Tageseinsatz etwas Lohn bekommen hat. Shen hält ihr die zehn Münzen entgegen sagt: „Heute gibt es ein Festessen, ich will gleich auf den Markt gehen." Lui Nan hat ein ungutes Gefühl und sagt: „Nein, lass nur, ich gehe, ich kenne mich in der Stadt schon aus. Wasch dich und besorge genügend trockenes Holz, damit wir Essen kochen können." Shen denkt: So ein hinterhältiges Weib. Ahnt sie, was ich vorhatte? Schon seitdem er die Bronzemünzen in der Hand hat, kribbelt es in der Lunge und sein ganzer Körper verlangt nach Opium. Für zehn Käsch bekommt man mindestens drei Pfeifen. Er hätte ja nur eine gekauft, da wäre noch genügend für Reis und Tee übrig geblieben. Aber weil Wang noch in der Nähe war, will er keinen Streit mit seiner Frau beginnen. Eigentlich würde er seine Tochter jetzt in den Arm nehmen, aber das macht man nicht, sie ist ja nur ein Mädchen und schmutzig vom Erz ist er außerdem. Also lässt er seine Frau mit dem Mädchen in die Stadt gehen und wäscht sich an einer tiefer gelegenen Stelle im Hafen. Zwei Frauen sind dort und klopfen ihre Wäsche auf einen Stein. Sie keifen ihn an, er solle sich woandershin begeben. „Du machst uns das Wasser hier dreckig, schere dich zum Teufel." Shen überlegt, ob er die Frauen verprügeln soll, aber er ist durch die Arbeit so ausgezehrt, dass er den Kampf gegen zwei solche Furien vielleicht nicht gewinnt – und da würde er sein Gesicht verlieren, vor allen hier – das wäre das Schlimmste, was passieren kann. Wenn er von zwei Frauen mit Faustschlägen oder nassen Kleidungsstücken in die Flucht geschlagen wird, dann ist seine Kariere als Schiffer und auch seine Anwesenheit im Hafen abrupt zu Ende. Er könnte hier nicht weiterleben.

Als sie sich gerade häuslich auf dem Schiff zur Nacht einrichten, kommt Wang mit seinem Sohn zu Besuch. Sie haben drei Mandarinen dabei. „Hier, für euch, die wachsen in dieser Gegend." Wang und Shen machen einen Vertrag. Nicht auf Papier, nur mit Worten und Vertrauen. Ein Bootseigner aus der Nachbarschaft kommt als Zeuge dazu. Shen bekommt das Schiff für drei Monate geliehen und muss dafür pro Tag fünf Käsch bezahlen. Jede Woche, immer Montag, muss er 35 Käsch an Wang abliefern. Shen handelt den Preis auf 30 Käsch pro Woche herunter, denn er hat ja keinen Sohn, der ihm beim Rudern und Verladen helfen kann. Wang willigt lächelnd ein.

Bereits die erste Fahrt geht schief. Da ihm jegliche Steuertechnik fehlt, wird er von der Strömung hoffnungslos abgetrieben. Er muss ans Ufer rudern und das Boot an einem Strick flussaufwärts schleppen wie die Treidler am Mittellauf des Jangtse. Gerade mal eine Fuhre bekommt er an dem Tag hin und er ist völlig geschafft, als er in der beginnenden Nacht den Hafen wieder erreicht. Als er zitternd vor Entkräftung neben Lui Nan liegt, macht sie den Vorschlag, mit ihm auf Tour zu gehen, ihm beim Rudern und Ausladen zu helfen. Shen überlegt, ob er dadurch sein Gesicht verliert, aber er hat auf den anderen Kähnen auch Frauen gesehen, die hart in die Riemen griffen und sich beim Verladen richtig dreckig gemacht haben. Er drückt seine Frau an sich und dann flüstert er: „Komm, lass uns einen Sohn machen. Ich gehe mich mal schnell waschen, mir geht es jetzt schon etwas besser." Lui Nan freut sich, dass sich das Familienleben langsam wieder zu normalisieren beginnt, und erwartet ihren Mann nackt und voll Verlangen.

Am nächsten Morgen fahren sie gemeinsam auf den Fluss. Lui Shen sitzt im überdachten Heck und spielt mit kleineren Erzbrocken, die in den Bootsritzen steckten. Weil sie die Finger immer wieder in den Mund nimmt, sieht sie bald selbst aus wie ein Kohlentrimmer.

Shen zeigt seiner Frau, wie man die Ruder am effektivsten eintaucht. Er tut so lehrerhaft, als würde er schon seit Jahren mit dem Boot unterwegs sein. Er versucht sich am Segel und hat Mühe, dass der Wind den Kahn nicht rückwärtstreibt. Aber bald entwickelt er ein gutes Gefühl für den Wind und wie das Segel zu setzen ist. Erst am Nachmittag erreichen sie den Erzhafen. Diesmal steht ein weißer Mann neben dem Zählmeister am Ufer. Sie sprechen miteinander, scheinbar verstehen sie ihre unterschiedlichen Sprachen. Der Weiße ist jung, hat einen breiten Hut auf und einen Bart, viel stärker als die Chinesen. Als Shen und Lui Nan schwitzend ihren Kahn geleert haben, winkt ihnen der Weiße zu, sie sollen mal an Land zu ihm kommen. Shen setzt seinen Kahn ein Stück weiter, damit der Nächste sein Erz entladen kann, und weil ihr Mädchen nicht allein auf dem Schiff bleiben will, kommt sie mit. Der Fremde gibt ihnen die Hand, grüßt auf Chinesisch. Als er sich zu Lui Shen herunterbeugt und sie begrüßen will, fängt die an zu weinen. Das weiße Gesicht und der Bart machen ihr Angst. So einen Menschen hat sie noch nicht gesehen. Sie ist aber schnell beruhigt und der Zählmeister muss die weitere Unterhaltung dolmetschen. „Ich bin Eugen Ruppert, ich baue hier für euch und mit euch ein neues Stahlwerk auf. Eigentlich komme ich aus Luxemburg, einem kleinen Land in Europa – aber einem wunderschönen Land. Und wo kommt ihr her?" „Wir sind ehrliche Leute aus dem Dorf Zhenyangdao. Unsere Dschunke ist abgebrannt und gesunken. In Hankow haben wir einen guten Chinesen getroffen, der leiht uns dieses Boot, damit wir etwas verdienen und nicht verhungern müssen. Wir werden fleißig arbeiten, damit wir uns ein eigenes Schiff kaufen und ein Steinhaus bauen können, wir haben eine Tochter und werden bald einen Sohn bekommen ..." Shen redet und redet, bis der Dolmetscher eine Pause erzwingt und die vielen Worte mit wenigen Sätzen dem Ausländer erklärt. „Willst du gern Schiffer bleiben oder hast du Lust, hier bei uns in der Hütte zu arbeiten? Ich kann dir einen guten Lohn zahlen und unsere Arbeiter wohnen in einfachen, aber sicheren Häusern." Shen und seine Frau schauen zum Boot hinunter, das ja ihre ärmliche Unterkunft ist. Man ist dort jedem Wetter ausgesetzt und lebt Tag und Nacht im Dreck. Nicht nur eine sichere Arbeit, sondern eine Unterkunft, das sind verlockende Angebote. „Ja, gütiger Fremder, das klingt gut, aber ich muss für diese Woche unbedingt die Miete für das Boot aufbringen. Sobald ich die bezahlt habe, sage ich dem Zählmeister Bescheid, dann könnte ich hier anfangen. Ja, das wäre eine gute Sache, vielen Dank erhabener Mann aus Luschembelg." „Luxemburg" lacht dieser und winkt ihnen ermutigend zu, wieder ins Boot zu steigen.

Es war eine harte Woche, aber sie haben es geschafft. Weil der Wind gut stand, ist ihnen sogar einmal eine zweite Fahrt gelungen. Sie sind zwar dann erst in der Nacht zum Hafen zurückgekommen, aber glücklich über 47 Käsch, die sie an diesem Tag verdient haben. Andere Tage ging es nicht so gut und einmal sind sie mit dem leeren Boot so weit abgetrieben worden, dass sie auf der Rückfahrt keine Ladung aufnehmen konnten, das war besonders hart. Doch die 30 Käsch für die Miete, die waren unter Shens Hemd gesichert. Am Abend wollte er Wang stolz den Betrag aushändigen und ihm zugleich eröffnen, dass die Zusammenarbeit mit ihm beendet sei. Am kommenden Tag wollen Shen und seine Frau in der Stadt einige Einkäufe erledigen und in einem Nudelrestaurant wie feine Leute essen gehen. Mit einem anderen Erzschiffer war ausgemacht, dass der sie am übernächsten Tag mit seinem leeren Boot mitnimmt und sie beim Anleger der Stahlhütte ablädt, ehe er zur Mine fährt. Dann sollte das neue Leben beginnen.

Wer plötzlich Geld zur Verfügung hat, glaubt über jedes Seil balancieren zu können. Es ist das erste Mal seit seiner Entlassung aus der Armee, dass Shen so viel in den Händen hat. Er sagt zu Lui Nan, dass er zu Wang gehen wolle, um die Miete zu zahlen, aber dabei kann er sie nicht anschauen, weil er weiß, dass er erst noch einen anderen Besuch machen will. Zielsicher und mit aufgeregten Schritten steuert er auf das „qualmende Teehaus" zu. Es ist den meisten in der Stadt bekannt, und viele ärgern sich, dass die Polizei diese heimliche Opiumhöhle nicht schon längst geräumt und zerstört hat. Aber ein Ventil will man scheinbar lassen oder einen Ort, an dem man den Opiumhandel unter Kontrolle hat. Einige Polizisten sind selbst Gäste in dunklen Nächten, sie sollen sogar den süßen Rauch gratis bekommen.

Shen wird wie ein alter Bekannter empfangen. Einige, die auf schrägen Liegen vor sich hin dösend die sorglosen Stunden genießen, heben nur müde die Hand – Shen weiß, dass sie zu keinen größeren Regungen mehr fähig sind. Bereits die rauchgeschwängerte Luft erweckt in ihm einen unbändigen Zwang. Er saugt die Luft ein wie ein Taucher, der lange unter Wasser war und endlich wieder Sauerstoff bekommt. Er kauft nicht nur eine Pfeife voll, sondern lässt sich mehre Portionen abwiegen, die er mit in sein neues Leben nehmen will. Vier kleine Papierbeutel mit dem weißen magischen Stoff. Als er die Schnur mit den aufgefädelten Käschmünzen hervorholt, bleiben ihm die neidischen Blicke der anderen im Raum nicht verborgen. Auch das ist ein Rauschgefühl, von den anderen beneidet zu werden, weil man Geld hat! Bei den Soldaten musste er sich mit wagehalsigen Aktionen Anerkennung verschaffen, mit seiner Frau hatte er es nur zu einem Mädchen gebracht, dann hatte er Schulden und sie mussten fliehen, zuletzt war er ein schmutziger Erzschipper, aber nun ist er etwas. Er hat Geld, wenn auch nur einen schmächtigen Wochenlohn. Stolz zählt er die Münzen hin und versteckt den Rest wieder unter dem Hemd. Er zieht die Schnur noch einmal heraus, um nachzuzählen, ob es noch für die Miete von 30 Käsch reicht. Zufrieden schmunzelt er den anderen zu und sucht sich ein Lager. Eine alte, ziemlich abgehärmte Frau reicht ihm die angezündete Pfeife. Der erste Zug ist wie ein Höhenflug, ein sanftes Gleiten über ein bizarres Gebirge. Körper und Geist werden so leicht, so unangreifbar. Nichts kann ihn jetzt mehr vom Himmel holen. Er will an seinen zukünftigen Sohn denken, von dem er im Wachzustand immer träumt, aber es gelingt nicht. Nur er selbst, diese herrliche Leichtigkeit und es umgibt ihn ein Gefühl, das alle Poren mit warmer Wonne füllt. Das ist der süße Rausch des Vergessens und der unerbittliche Drang, dieses Gefühl zu erhalten.

Er weiß natürlich nicht, wie lange er schon dösend auf der speckigen Matte zugebracht hat, als ihn einige Männer wachrütteln und ihn nach draußen befördern. Sie haken ihn unter und schleppen ihn einige Meter weit vom Teehaus entfernt. Sie schleifen ihn mehr dahin, als dass er mit Schritten nachkommt. An einer Weggabelung unter einer Gaslaterne trifft ihn plötzlich ein unerwarteter Schlag in die Magengrube. Weil ihm die Luft wegbleibt, ist es unmöglich, einen Hilferuf loszulassen. Dann ein Schlag ins Gesicht und Tritte, Boxhaken, einer schlägt mit einem Knüppel auf Schulter,

Hals und Kopf. Jetzt lassen ihn die Männer los und reißen sein Hemd auf. Mit sicherer Hand greift einer die Käsch-Schnur um Shens Hals, kann sie aber nicht zerreißen. Jetzt holt er ein Messer aus dem Gürtel und als Shen das Messer sieht, glaubt er, jetzt erstochen zu werden. Mit aller Kraft schreit er laut auf, wenn er auch fürchterliche Schmerzen verspürt.

Das Handgemenge ist nicht unbemerkt geblieben und bald sind auch zwei Polizisten zur Stelle. „Aufhören, was ist hier los?" „Er hat uns bedroht, er ist im Rausch und wollte uns erstechen. Seht, hier liegt das Messer, mit dem er auf uns losgegangen ist." Ein anderer, der Shen aus dem Teehaus gefolgt ist, sagt: „Er ist ein Schmuggler, untersucht ihn nur, er hat Opium bei sich." Shen will etwas sagen, aber seine Zunge ist so geschwollen, dass es nicht gelingt. „Los, mitkommen, wir werden das untersuchen."

Im nur spärlich beleuchteten Polizeiamt muss sich Shen an die Wand stellen und man kontrolliert alle Kleidungsstücke. Natürlich finden sie das Opium in seinen Taschen. Die Räuber hatten gehofft, Shen würde das Opium auf dem Weg zur Wache von sich werfen, aber so clever ist er nicht. Ein Polizist hält ihm die vier Päckchen unter die Nase: „Du nichtsnutziges Schlangenei, das wird dir deinen Kopf kosten. Du weißt doch, dass auf Opiumhandel der Tod steht, oder? Wir haben lange keinen Schmuggler geköpft, das Volk muss wieder mal an die Gesetze erinnert werden." Shen weiß, dass dies nur zu wahr ist. Er war selbst einmal bei einer Hinrichtung dabei und fand es zum Lachen, wie der Kopf des Opfers über den schrägen Platz rollte. Und jetzt ist seiner dran … „Ich bin kein Schmuggler, die Räuber waren auf mein Geld aus und haben mir das Opium in die Tasche gesteckt. Guckt doch an, wie sie mich zugerichtet haben!" „Das erzähle mal deinem Goldfisch. Wieso haben sie dir während der Balgerei das Rauschgift in mehrere Taschen gesteckt? Und außerdem sehen wir – selbst bei diesem Licht –, dass du das Gift in dir hast. Du fliegst jetzt ins Gefängnis. Morgen kommt ein Oberst und wird dir den Prozess machen, kurzen Prozess." Shen versucht noch eine Wendung: „Ich habe einflussreiche Freunde, die können euch sehr belohnen. Echte Silberschiffchen aus der Mingzeit. Käsch, so viel habt ihr noch nie auf einmal gesehen. Lasst mich noch heute Nacht zu meinen Freunden und morgen seid ihr reiche Männer. Ihr werdet doch nicht den Reichtum ausschlagen, nur um den Kopf eines armen Familienvaters abzuschlagen." Dabei steht ihm wieder der rollende Kopf von damals vor Augen und ihm wird ganz schlecht. „Du hast Ideen einer läufigen Büffelkuh; wir sollen dich in die Nacht laufen lassen – auf Nimmerwiedersehen, ha?" Der andere Polizist sagt: „Ach, Familie hast du. Na dann werden wir die gleich mit dir zu den Ahnen schicken, sind ja sicher auch alle opiumsüchtig – Pack, ihr elendes. Wie viele Ratten hast du denn deiner Frau verpasst?" Keine gute Idee mit der Familie denkt Shen und versucht einen neuen Einwand. „Ich hab ja nicht gesagt …" „Schluss jetzt", brüllt der erste Polizist. „Binde ihm die Hände auf den Rücken und dann ab ins Gemäuer. Dort bindest du ihm auch die Füße zusammen, dass er nicht auf dumme Ideen kommt."

Die schnell einberufene Gerichtsverhandlung am folgenden Tag ist kurz. Ein Adjutant des Mandarin, der Bezirksrichter, ein Mönch vom Taoistischen Tempel, die beiden Polizisten und ein Schreiber fällen innerhalb von zehn Minuten das Urteil: „Öffentliches Enthaupten auf dem Marktplatz mit möglichst großer Beteiligung der Stadtbewohner." Shen ist in sich zusammengesackt. Er bringt keine Ausflüchte hervor, keine Schuldzuweisungen an andere, macht keine erbärmlichen Versuche, seinen Kopf zu retten. Er weiß, das Urteil ist endgültig und die Schande über ihn und seine Familie kann nicht größer sein. Es ist noch kein Tag angesetzt, an dem sein Kopf rollen wird. Man bringt ihn zurück ins Gefängnis. Wie im Traum nimmt er den Weg, das geschäftige Leben in der Stadt, die Passanten wahr, die ihnen entgegenkommen. Einige spucken in seine Richtung, andere trauen sich bis zu ihm heran und spucken ihre Fladen an seine Kleidung oder bis ins Gesicht. Er wehrt sich nicht mehr. In der Nacht dachte er noch, dass er halt Pech gehabt hat, aber nach dem Urteil weiß er, dass er Strafe verdient hat.

Im Gefängnis erwartet ihn ein gutes Essen mit Fleisch, Gemüse und sauberem Reis ohne Ungeziefer. „Ist von deiner schönen Frau", sagt der Wärter, „hat sie hier abgegeben. Und zu mir war sie auch sehr nett. Nur wenn ich sie ficken kann, hab ich gesagt, bekommt der Schmuggler seinen Fraß." In Shen bäumt sich alles auf. Umbringen könnte er diesen Rohling, jetzt auf der Stelle. Seine Strafe kann ja nicht größer ausfallen. Aber kämpfe mal mit einem fiesen Wärter, wenn Hände und Beine gefesselt sind. Der stellt die Schüssel auf den Boden und geht grinsend aus dem feuchten Raum. Shen hat seit Tagen nichts gegessen und es bleibt nichts weiter übrig, als auf dem ekeligen Boden zur Schüssel zu kriechen und dann wie ein Hund das so bitter bezahlte Mahl zu verschlingen. Erst jetzt wird ihm deutlich, was sein Urteil für seine Frau und die kleine Lui Shen bedeutet. Sie werden für ihr ganzes Leben gezeichnet sein, weil ihr Mann und Vater ein verurteilter und geköpfter Verbrecher war. Wie werden sie überleben können ohne ihn? Und er wird den Sohn, den Lui Nan in sich

trägt, nie zu Gesicht bekommen. Jetzt kommen ihm die Tränen. Er wusste gar nicht, dass er weinen kann. Seine Frau, seine Tochter, nie mehr mit ihnen zusammen, nie mehr die Zärtlichkeit von Lui Nan, nie mehr das Lachen von Lui Shen. Der Schmerz ist größer als alle körperlichen Brutalitäten, die er durchgemacht hat. Und da ist dieses bittere Gefühl, dass er selbst daran schuld ist. Seine Dummheit und seine Sucht haben ihn so weit gebracht. Der Schmerz wird so bodenlos, weil es kein Zurück, keine Hoffnung gibt. Alles ist so endgültig und so unerbittlich wie der Tod. Shen ist nicht oft in den Tempel gegangen, aber er weiß, dass die Ahnen in der Totenwelt ihn nicht annehmen werden. Ein Leichnam ohne Kopf darf nicht in die Welt der Ahnen, deshalb ist das Enthaupten ja die schlimmste aller Strafen. Früher, so erzählt man, haben die Verwandten den Kopf des Opfers nach der Hinrichtung wieder angenäht, damit er ins Totenreich eingelassen wird – aber wer wird ihm den Kopf wieder annähen? Seine Frau wird sich nicht einmal trauen, für ihn zu opfern, weil das Verbrechern nicht zusteht. Zu seiner Scham und Verzweiflung kommt nun die Angst, Angst um ihn selbst. Was wird mit mir, wenn ich zu den Toten gehe? Werden mich die Totengeister mit Feuer quälen, mich unaufhörlich schlagen, mir mit ausgesuchten Foltermethoden das Totenreich zur Hölle machen? Vielleicht war der Überfall auf der Straße die erste Rate dieser grausamen Strafen. Plötzlich fällt ihm Wang ein. Hat er nicht etwas von Tod und vom Leben danach gesagt? Was war das nur? Wang klang nicht so, als hätte er Angst davor. Dieser Jeschusch muss eine andere Idee vom Tod haben, aber was war das nur?
Er muss Wang sprechen! Laut brüllt er nach dem Wärter. Immer wieder, als wäre etwas ganz Wichtiges in der

Zelle passiert. Nach einer ganzen Weile wird die Tür geöffnet und der Wärter schaut mit kauendem Mund herein. „Was brüllst du denn, als würde dir der Arsch brennen?" „Ich habe gehört, dass Todeskandidaten ein letzter Wunsch erfüllt wird." Der Wärter verdreht die Augen, als hätte er schon auf diese Bitte gewartet. „Kann sein, aber das ist dem Richter vorbehalten – und eins sage ich dir, keine Weiber und keine öffentliche Rede." „Ich will nicht warten bis kurz vor die Hinrichtung, ich habe jetzt einen einzigen Wunsch: Hole mir den Erzschiffer Wang her. Ich muss etwas ganz Wichtiges mit ihm besprechen." „Hierher kommt kein ehrenwerter Mann, bedenke, du steckst in der Todeszelle und du bist so etwas Dreckiges, Unwertes, Verpisstes, dass mit dir niemand mehr etwas zu tun haben will." „Doch, Wang wird kommen. Er weiß etwas, was für mich sehr wichtig ist." „Denke ja nicht, dass der deinen Kopf retten kann. Das wäre höchstens die Kaiserin selbst, die jetzt noch etwas wenden könnte, aber die hat ja angeordnet, dass ihr verfluchten Schmuggler einen Kopf kürzer gemacht werden sollt. Also mach kein Aufsehen, dir hilft niemand mehr." Er will schon wieder gehen, als Shen auf die Knie geht und bettelt: „Bitte, hole Wang hierher, es geht um meine Seele, wenn du weißt, was ich meine." „Deine Seele ist keinen Fliegenschiss mehr wert, vergiss es. Was deine Seele im Totenreich erwartet, weiß ich nicht, aber ich möchte gern dabei sein, wenn sie dir dort die Haut in Steifen vom Leib ziehen, hahaha." „Wenn du einen kleinen Funken an Götterfurcht im Herzen hast, hole mir Wang hierher, bitte!" Der Wärter ist überrascht, dass ein doch eigentlich hart gesottener Schmuggler so erbärmlich jammern kann. Es muss dem ja echt wichtig sein, diesen Wang zu sprechen. „Bei allen Tempelgeistern, damit mir meine

Sünden etwas heruntergerechnet werden, ich hole dir Wang. Wo finde ich ihn?" „Er hat ein großes Erzboot und damit kommt er jeden Abend in den Hafen zurück. Frage einfach nach Wang und sage ‚Shen wartet auf dich'." „Das mach ich, aber vorher hole ich mir den Lohn bei deiner Frau ab. Wo finde ich sie?" Shen stellt sich mühsam auf die Füße, sodass er in Augenhöhe dem Wärter gegenübersteht und spuckt ihm mitten ins Gesicht. „Du Schwein wirst meine Frau nicht noch einmal …", weiter kommt er nicht, weil ihn ein fürchterlicher Schlag ins Gesicht trifft und er rückwärts zu Boden geht. Noch zwei-, dreimal tritt der Wärter nach ihm, dann verlässt er wortlos die Zelle.

Nach zwei Tagen, in denen die Angst von Shen immer größer wird, kommt der Richter ins Gefängnis. Er verkündet ihm, dass er am nächsten Vormittag auf dem Marktplatz exekutiert wird. Der Scharfrichter wird ihn abholen, zwei Polizisten werden ihn begleiten, auch ein Mönch wird dabei sein. Ob er einen taoistischen oder einen buddhistischen Mönch haben will, fragt er Shen. Ob die religiöse Begleitung auch ein Christ sein könne, fragt er. „Das ist nicht üblich, habe ich noch nie erlebt, aber meinetwegen, wenn du das willst. Wer ist es?" „Es ist Wang, der Erzschiffer, der einen festen christlichen Glauben hat. Mir ist es wichtig, noch einmal mit ihm über den Gott Jeschusch zu sprechen." Der Richter überlegt eine Weile, man kann es ihm ansehen. Shen schiebt nach: „Es ist mir sehr wichtig, weil ich noch nicht alles über diesen Christengott und das Leben nach dem Tod verstanden habe." Der Richter lacht kurz auf: „Was ihr im Angesicht des Todes doch für spinnige Ideen ausbrütet. Leben nach dem Tod – da ist nichts mehr für dich! Du hast dein Leben hier verwirkt und wirst nicht etwa mit einem neuen Leben bei den

Ahnen belohnt. Es ist aus, verstehst du denn das immer noch nicht?" „Aber erhabener Richter, es ist mir wichtig und mein letzter Wille, ehrlich." Nach einer kurzen Pause: „Meinetwegen, aber keinen Fluchtversuch mit so einem ausländischen Spuk. Wenn du versuchst, mit deinem Freund zu türmen, ist der gleich mit dran und wird ohne Prozess nach dir geköpft, nur dass das klar ist!"

Es regnet. Es ist wieder so ein Tag, an dem der Himmel beschlossen hat, alles zu fluten. Kein Baum, dessen Blätter, kein Vogel, dessen Federn nicht bis aufs Letzte durchnässt werden. Von den Strohdächern der Häuser fließen breite Wasserschleier herunter, spritzen vom Boden auf und durchfeuchten die Lehmwände. Wenn dies mehrere Stunden anhält, sackt manche Hütte aus feuchtem Lehm in sich zusammen. Die Wege zwischen den Häusern werden zu Bächen und die kleinen Flüsse schwellen zu Strömen an. Wenn so ein Wetter nur regional niedergeht, merkt man das dem Jangtse nicht an. Erst wenn die ganze Provinz mehrere solche Regentage erlebt, wird er zur Gefahr und die Uferbewohner fürchten um Felder und Häuser. Heute scheint es nur ein regionaler Regen zu sein, wenn auch kräftig und anhaltend. Der Marktplatz ist durch die Ochsenkarren, Rikschas und vielen Passanten zur Schlammwüste geworden. Dennoch stehen viele um das aufgerichtete Holzpodest und warten auf die angekündigte Hinrichtung. Viele haben ihren breiten Hut aus Reisstroh auf dem Kopf und um die Schultern eine Matte aus Büffelhaaren, von denen der Regen abtropft. Die Füße stecken in Reisschuhen, die aber inzwischen so mit Schlamm vollgesogen sind, dass sie schwer wie Klumpen an den Füßen kleben. Jeder Schritt wird zu einem schmatzenden Balanceakt. Doch die Menschen stehen und warten.

Bald kommt die Gruppe aus dem Gefängnis. Vorweg der Richter, der sichtlich verärgert über den schlammigen Zustand des Platzes ist. Der Scharfrichter mit seinem gut sichtbaren Beil stapft dahinter. Danach Shen, der Verurteilte. Ihm hat man die Fußfesseln abgenommen, aber von den auf dem Rücken gebundenen Händen gehen nach beiden Seiten dicke Stricke, die von den Polizisten gehalten werden. Eine Flucht ist also unmöglich. Neben Shen ein Unbekannter. „Nein, das ist doch Wang, der Erzschiffer?" „Macht der jetzt den religiösen Beistand?" „Der geht doch gar nicht mehr in den Tempel!" „Mit einem Mönch sah das immer viel feierlicher aus." „Nichts ist mehr wie früher." Hinter ihnen geht der Gefängniswärter, der seinerseits sehr genau über die Schaulustigen blickt, als suche er jemanden. Die beiden vor ihm bekommen davon nichts mit, sie sind in ein wichtiges Gespräch vertieft. Shen will wissen, wie das mit Jeschusch und dem Tod ist. „Shen, das Wichtigste ist, dass wir die Sünden nicht mit in den Tod nehmen. Jesus ist für unsere Sünden gestorben, auch wenn sie noch so groß sind. Wer Jesus um Verzeihung bittet, dem werden seine Sünden vergeben, verstehst du, einfach weggenommen. Man nimmt sie nicht mit in die Totenwelt." „Aber wie kann ich denn meine Sünden loswerden. Schau mal, die alle hier herumstehen, wissen um meine Sünden und Gott ja erst recht!" „Es klingt sehr einfach, ist es aber auch: Wer Jesus seine Sünden übergibt, echt bereut und Jesus in sein Leben aufnimmt, der wird mit ihm leben, auch wenn er stirbt. Als Jesus für unsere Sünden am Kreuz gestorben ist, da hat er auch deine Sünde mit getragen. Damals war ein Schwerverbrecher neben ihm, der hat seine Sünde auch bereut und Jesus sagte zu ihm: ‚Noch heute wirst du mit mir im Paradies sein.' Shen, das gilt auch dir!"

Inzwischen sind sie am Podest angekommen. Shen muss hinaufklettern, der Richter stellt sich daneben und verliest das Urteil: „Opium hat unser Volk zerstört. Tausende und Abertausende sind abhängig geworden, können nicht mehr arbeiten, lassen ihre Felder verkommen und sind eine Belastung für unser Volk. Daher hat der Kaiser selbst dieser Droge den Kampf angesagt. Wer Opium in unser Land einführt, wer damit handelt und wer es öffentlich oder heimlich raucht, wird mit dem Tod bestraft. Das Urteil wird durch Enthaupten vollstreckt. Dieser Shen hier ist beim Handel mit Opium erwischt worden und hat den Tod verdient, damit unser Volk gesund werden kann. Im Namen der kaiserlichen Autorität verurteile ich dich hiermit zum Tod durch Enthaupten. Henker, tue dein Werk!"

Normalerweise werden den Opfern bei der Enthauptung die Augen verbunden, aber damit die Abschreckung und das Entsetzen größer sind, werden die Augen der Opiumschmuggler nicht verbunden. So kann Shen kurz über die Schaulustigen blicken. Langsam lässt er seinen Blick von links nach rechts wandern. Kein bekanntes Gesicht, nur Sensationsgier und Angst in den starren Blicken zum Podest. Dann das scharfe Kommando des Henkers: „Hinknien und den Kopf nach vorn beugen!" Beim allerletzten Blick auf die Menge ist es Shen, als ob ganz rechts hinten eine Frau mit einem Kind auf den Armen steht. Das ist Lui Nan, die sich nicht näher vor das Podest traut. Ob sie mitbekommen hat, dass ihr Mann sie in letzter Sekunde entdeckt hat? Gerade im Blick auf seine Familie ist ihm seine Schuld wieder so riesig groß, dass er halblaut sagt: „Jeschusch, vergib mir meine Sünden, vergib mir, vergib mir." Dann wieder die raue Stimme des Scharfrichters: „Weiter vor mit dem Kopf!" Da sieht Shen unter sich einen Weidenkorb mit Stroh. Fast muss er lächeln: ‚Wird mein Kopf doch nicht durch den Schlamm rollen.' Dann hört er nur noch das Beil über sich durch die Luft fauchen …

Lui Nan weiß nicht, was jetzt zu tun ist. Muss sie nach vorn, um den Leichnam abzuholen? Aber wohin damit? Nein, sie wird den Anblick nicht überstehen. Mit dem Richter will sie nicht sprechen, der verlangt vielleicht noch Gebühren oder macht sie mitverantwortlich. Sie sucht Wang, vielleicht kann er ihr raten, was zu tun ist. Es dauert eine Zeit, bis sie ihn der Menge erkennt. Sie bahnt sich den Weg zu ihm, stoppt aber ab, als sie auf Rufnähe an ihn heran ist. Wird er sie überhaupt anhören? Wird er vielleicht die 30 Käsch Miete von ihr verlangen? Sie weiß ja nicht einmal, ob Shen vor der Verhaftung bei ihm war, um zu zahlen. „Und wie wird er mich ansehen, mich als die Frau eines Verbrechers? Oder weiß er doch einen Weg, wie es weitergehen soll?", denkt sie. Nein, sie zieht sich langsam zurück, sie würde endgültig ihr Gesicht verlieren, als Bittstellerin vor Wang zu stehen. Sie lässt die vielleicht letzte Gelegenheit fallen wie eine Ertrinkende, die sich selbst aufgibt, und geht zum Hafen hinunter. So einsam und verlassen war sie nicht einmal nach der Flut. Was soll nur jetzt werden? Im Boot, immer noch mitten in dem schwarzroten Staub, nimmt sie Lui Shen in den Arm und weint ihre Ausweglosigkeit ins Nichts. Lui Shen fragt: „Wann kommt Papa? Er ist schon so lange weg." Lui Nan registriert, dass ihr Kind nichts von dem grausigen Schauspiel mitbekommen hat. Für einen Moment ist sie erleichtert, bis ihre Tochter wieder fragt: „Warum macht man manchmal bei Menschen den Kopf ab? Tut das weh, Mama?" Hat sie also doch die Hinrichtung gesehen, obwohl sie das Kind so gehalten hat, dass es eigentlich nicht zur Bühne sehen konnte. „Nein, meine große Lui Shen, das tut nicht mehr weh. Aber jetzt schlafe und träume von kleinen Vögeln über dem Fluss und von einem starken Drachen, der dich beschützt."

Lui Nan hat kaum geschlafen. Der Schmerz um ihren Mann und die bleierne Unsicherheit legen sich wie ein Schiffstau um ihr Herz. Im Morgengrauen betrachtet sie das schlafende Gesicht ihrer Tochter, und die Tränen wollen nicht aufhören zu fließen. Welche Zukunft kann sie ihr bieten? Sie weiß ja nicht einmal, wie sie den heutigen Tag herumbringen soll. Sie müsste ein paar Räucherstäbchen haben, um Guanyin, der Bodhisattva des Mitgefühls, ihre Bitten vorzutragen, aber sie hat weder Geld noch weiß sie, wo in dieser Stadt ein Tempel der Guanyin ist. Sie könnte Räucherstäbchen erbetteln, aber die sind dann ohne Wirkung, sie müssen gekauft sein für gutes Geld. Und wovon bereitet sie ihrer Tochter ein Morgenmahl zu? Wo ist der Körper von Shen jetzt? Wird sie für die Beerdigung zahlen müssen? Aber von welchem Geld? „Es ist besser, ich fliehe aus der Stadt, sobald Lui Shen wach ist", überlegt sie. Aber wohin? Zurück in ihr Dorf? Dort hat sie kein Haus, das Wrack wird inzwischen total zerlegt sein. Was nicht als Bauholz zu verwenden war, wird man als Feuerholz gebraucht haben. Die gute Peng ist sicher noch da, aber sie wird sich nicht um zwei obdachlose und hilflose Landstreicher kümmern können. Und da sind ja auch noch die Männer, bei denen Shen Schulden hat, die vergessen so etwas nie.

Weil sie die Nacht völlig verkrampft um Lui Shen herumgelegen hat, schmerzen ihr Rücken und ihre Beine und sie kann sich kaum aufrichten. Als sie sich über das halbrunde Blätterdach des Kahns erhebt, sieht sie, wie Wang auf das Boot zukommt. „Gütiger Wang, ich kann dir die Miete nicht zahlen. Alles Geld hatte Shen bei sich. Habe Erbarmen mit mir, ich will eines Tages alles bezahlen. Wenn du dein Geld willst, dann kannst du mich auch als Sklavin verkaufen. Ich bin noch jung und kann auch ein Boot steuern. Du bekommst sicher mehr als 3000 Käsch für mich." „Rede doch nicht so ein Papageiengeschnatter. Niemand will und wird dich verkaufen. Hier, das ist meine Mutter Xukai, sie hat euch etwas zu essen mitgebracht." Er beugt sich über das Boot und ruft: „Hallo, Lui Shen, bist du schon wach? Komm, es gibt Teigtaschen, die isst du doch so gern." „Und was wird nun mit euch? Was willst du tun, Lui Nan?" „Ich weiß es nicht. Hier kann ich nicht bleiben und ich weiß auch keinen Ort, wohin wir gehen können." Wang setzt sich auf den Bootsrand und Xukai wischt mit einem feuchten Lappen über Gesicht, Arme und Hände von Lui Shen. Ziemlich schwarze Striemen bleiben auf dem Tuch zurück. „Hast du meinen Papa gesehen?" Ein kurzer Blick von Xukai zu Lui Nan und ein schwaches Verneinen machen deutlich, dass das Kind nichts von der furchtbaren Endgültigkeit weiß. „Schau mal, was ich dir mitgebracht habe", lenkt Xukai ab und holt einen kleinen hölzernen Wasserbüffel aus ihrem Korb. „Der ist für dich und der will dein Freund sein. Der ist auch immer gutmütig und wird dir nicht wehtun. Manchmal wirst du sogar hören, wie er sein dumpfes ‚Muh' ruft. Dann ruft er dich und will mit dir spielen." Das Kind hält den Büffel ans Ohr, aber es scheint es nicht zu stören, dass er stumm bleibt. „Den will ich meinem Papa zeigen, der ist nämlich schon einmal auf einem Wasserbüffel geritten." Bei diesen

Worten strahlt sie die Erwachsenen der Reihe nach an. Nur kann sie nicht verstehen, dass ihre Mutter ein schmerzverzerrtes Gesicht hat und sich nach der Seite wegdreht.

Während Xukai die Verzweifelte in den Arm nimmt, sagt Wang: „Ich habe mit dem Mann aus Luxemburg gesprochen. Er würde dich auch allein bei sich beschäftigen. Wir könnten heute mal rüberfahren und über Einzelheiten sprechen, wenn du das willst."

Es geht schweigend zu auf dem Transportschiff. Wang und seine Mutter rudern, da der Wind nicht günstig steht. Lui Nan schwankt zwischen innerem Schmerz und einem Funken Hoffnung hin und her, obwohl sie sich nicht vorstellen kann, dass so ein erhabener weißer Mann etwas für die Frau eines Verbrechers tun wird. Lui Shen spielt mit ihrem Wasserbüffel, der schon eine recht dunkle Farbe angenommen hat, redet ihm gut zu und schimpft ihn auch schon mal aus. Als sie den Seitenkanal zum Hüttenwerk erreichen, drückt der Wind von hinten, sodass Wang das Steuer übernimmt und Xukai sich zu Lui Nan setzen kann. Leise fragt Lui Nan: „Was haben sie mit meinem Mann gemacht? Wo ist der Leichnam jetzt?" „Die Polizei hat ihn übernommen, sie wussten ja nichts von dir – ist vielleicht auch besser so." „Und was machen sie jetzt mit ihm?" „Das weiß ich nicht, auf alle Fälle gibt es kein ordentliches Begräbnis, weil das Sache der Verwandten ist." Wieder beginnt Lui Nan zu weinen und Xukai sagt: „Wang hat mir erzählt, dass dein Mann auf seinem Todesweg nach Jesus Christus gefragt hat. Vielleicht hat er im letzten Moment dem allmächtigen Gott sein Leben übergeben? Wir werden am Sonntag in der Messe für ihn beten." „Und entzünde bitte einige Räucherstäbchen für mich", sagt Lui Nan erleichtert. „Nein, wir verwenden keine Räucherstäbchen. Unsere Gebete sind viel besser, weil wir da direkt mit Gott sprechen. Mutter Maria wird für dich vor Gott eintreten." „Mutter Maria? Nicht Guanyin, die Mutter des Mitgefühls?" „Ach nein, das sind alles Götzen, die nicht helfen können. Maria ist die Mutter von Jesus Christus und die ist bei Gott. Sie bittet für uns und tritt für uns ein, wenn wir Hilfe brauchen und verzweifelt sind." Nach einer Weile Stille fragt Lui Nan: „Kann diese Maria auch etwas für mich tun? Kann sie Gott sagen, dass ich ganz verzweifelt bin? Aber was muss ich ihr dafür geben, wenn sie keine Räucherstäbchen will?" Xukai lacht: „Nichts, was man mit Geld bezahlen muss. Wir sagen, Gott will nichts von uns, außer unsere Sünden und unser Herz. – Aber schau mal, wir sind angekommen."

2. Teil

Kalter Stahl
und wärmende Liebe

Wang geht an Land und spricht mit dem Zählmeister, dann gehen sie gemeinsam fort. Dem Kind wird es im Boot zu langweilig. Es balanciert über das schmale Brett an Land und setzt den Wasserbüffel ins vom Erzstaub schmutzige Gras, damit er fressen kann. Andere Lastkähne kommen an und das geschäftige Ausladen geht mit lautem Rufen und Fluchen los, sodass Lui Shen verängstigt zurück aufs Boot kommt. Xukai fragt Lui Nan, die ihre Tochter nicht aus den Augen lässt, ob sie gemeinsam ein Gebet zur Mutter Maria schicken wollen. „Ja gern, aber du musst das für mich machen." Xukai betet für Shen, für die Zukunft von Lui Nan und ihrer Tochter und dafür, dass der Fabrikant aus Luxemburg ein weiches Herz hat. Lui Nan ist völlig unbekannt, dass man mit den Göttern so natürlich und vertraut reden kann, aber es beeindruckt sie. Ist der Gott der Christen gar keiner, vor dem man Angst haben muss? Es klingt so, als ob Xukai mit guten Freunden redet.

Inzwischen kommt Wang zurück und bedeutet ihnen, dass sie an Land kommen sollen. Gemeinsam gehen sie zwischen Erzloren und schwitzenden Arbeitern Richtung Fabrik. Sie steigen über Gleise und verlorene Erzbrocken, müssen Trägern und Pferden aus dem Weg gehen und erreichen ein dreistöckiges Steinhaus. Lui Nan hat so ein großes Haus noch nie gesehen und Lui Shen hat Angst, mit in dieses Haus zu gehen. Doch auf dem Arm der Mutter lässt sie sich überreden und so steigen sie auf breiten Holzstufen in den dritten Stock hinauf. Vor der Bürotür sagt Wang, dass der Luxemburger Eugen Ruppert heißt und dass Lui Nan alles sagen kann. Sie muss nicht ihr Gesicht wahren, für die Menschen aus Europa ist das nicht so wichtig, viel wichtiger ist die Wahrheit.

Das Büro ist geräumig, an zwei Seiten hat es große Fenster, von denen man bis hinüber zur Verladerampe am Kanal sehen kann. An den Wänden hängen Zeichnungen, Rollbilder und Landkarten, in Schränken stehen viele Bücher und Kunstgegenstände aus China. Vasen, Elfenbeinschnitzereien, Musikinstrumente, kleine Buddhas und Porzellan. In der Mitte des Raumes ein großer Tisch, auf dem Zeichnungen liegen, die sich zusammenrollen. Links ist ein weiterer Tisch, an dem drei Europäer schreiben und rechnen. Der rechte Teil des Büros wird von einem wuchtigen Schreibtisch beherrscht. Dahinter sitzt Eugen Ruppert, der sich jetzt erhebt und auf die Gruppe zukommt. Zuerst gibt er den beiden Frauen die Hand, dann dem Mädchen, das sich aber schnell hinter der Mutter versteckt. „Ach, was hast du denn da Schönes? Ist das vielleicht ein Wasserbüffel?" Da Eugen Ruppert seit einem Jahr die Sprache lernt, kann er sich schon verständlich machen, aber es ist ein weiterer Mann im Zimmer, der bei der Übersetzung ins Chinesische hilft. Da dies ein Chinese ist, hat Lui Shen zu ihm mehr Vertrauen und sie zeigt den schmutzigen Büffel vor. Eugen Ruppert: „Na, der ist aber schwarz. Der hat wohl im Kahn mit Erz gespielt?" Lui Shen wundert sich, dass der Fremde scheinbar mit ihr redet, aber der Übersetzer viel besser zu verstehen ist. „Weißt du was, Kleine, wir werden den Wasserbüffel mal Wasser spüren lassen. Gib her, wir werden ihn gleich mal waschen."

Als der Übersetzer dies zu ihr sagt, reicht sie ihm bereitwillig den Büffel. Doch Ruppert nimmt ihn und geht an das eiserne Waschbecken. Er dreht den Wasserhahn auf und schrubbt das Spielzeug mit einer Bürste und Seife sauber. Nachdem er es mit einem Tuch abgetrocknet hat, reicht er dem Mädchen das saubere Spielzeug hin. Doch Lui Shen ist vom Waschbecken fasziniert, davon, dass aus der Mauer Wasser kommt. Vorsichtig geht sie nun selbst zum Becken, kann aber nicht bis zum Wasserhahn hochlangen. Da wird sie von hinten angehoben und sie kann nun selbst den Wasserhahn erreichen. Erst will da kein Wasser kommen, aber als ihr jemand die Hand dreht, kommt da wirklich Wasser aus der Mauer. Immer wieder dreht sie auf und zu und sie quiekt vergnügt dabei, bis sie sich umdreht und in das bärtige Gesicht von Eugen Ruppert blickt. Wieder ist sie erschrocken und strampelt sich los, um zur Mutter zu rennen. Alle im Raum lachen und auch Lui Nan hat seit Tagen das erste Lächeln wieder um den verhärmten Mund. Ruppert lässt eine Dose mit Keksen aus dem Schrank holen und hält sie den Gästen hin. Schüchtern greifen alle zu, sie schmecken fantastisch. Auch Eugen Ruppert greift zu: „Die kommen aus Belgien, die besten Kekse der Welt."

Dann kommen sie zum eigentlichen Grund des Besuches. Eugen Ruppert würde Lui Nan gern in seinem Haus als Wirtschaftshilfe beschäftigen, aber das schickt sich nicht, solange Frau Ruppert nicht selbst nach China kommt und hier eingezogen ist. Alle Hausarbeit vom Kochen bis zum Wäschewaschen wird von chinesischen Dienern erledigt. Natürlich eine sehr begehrte Arbeit, aber mancher ist nur kurz dabei, weil der Luxemburger hohe Anforderungen an seine Bediensteten stellt. Das lässt er auch Lui Nan wissen, als er erklärt: „Also ich werde dich in der Küche für die Stahlarbeiter einstellen. Dort wirst du für den Koch Gemüse putzen und das tun, was der Koch sagt. Wenn er unzufrieden mit dir ist, dann musst du gehen. Du bekommst ein Zimmer in der Arbeiterbaracke, am Essen darfst du auch teilnehmen und die Kleine da auch. Unter-

kunft und Essen sind frei. Wenn du etwas Geld dazu-
verdienen willst, dann beginne eine Garküche unten
am Kai oder wasche die Wäsche der Arbeiter, aber nur
in deiner Freizeit. Wann du Freizeit hast, bestimmt der
Koch." Lui Nan geht auf die Knie und macht einen
Kotau, sie verbeugt sich mit dem Kopf bis auf den Boden, um ihre Dankbarkeit auszudrücken. „Nicht doch",
sagt Ruppert ungeduldig, hebt sie aber nicht auf, weil er
chinesische Frauen nicht berühren darf, und sagt weiter
zum Dolmetscher: „Homi, zeig der Frau ihr neues Zuhause und bringe mir vom Hochofen gleich die neuen
Zahlen mit."

Der Raum ist einfach eingerichtet und durch das kleine
Fenster fällt nicht viel Licht. Ein Schrank steht so, dass
man von der geöffneten Zimmertür nicht gleich in den
Raum blicken kann. Zwei Betten, ein Tisch und drei
Stühle. Auf einem Stuhl steht eine verbeulte Blech-
schüssel und darunter ein Holzeimer mit Wasser. Eine
Petroleumlampe ziert den Tisch. Das eine Bett sieht so
aus, als würde hier jemand wohnen, auch im Schrank
liegen einige Kleidungsstücke. An der Decke hängt die
Vorratskiste, auch in ihr liegen einige Lebensmittel-
reste. „Das ist von Xiaoju, einem Mädchen, das hier
wohnen darf", erklärt Homi. „Sie ist aus einem Bordell
geflohen und der ehrwürdige Mister Ruppert kümmert
sich auch noch um so was. Aber komm mit, ich will
dir noch zeigen, wo du arbeiten wirst." Doch der Koch
ist nicht da und ein anderer Angestellter sagt, dass sie
morgen eine Stunde nach Sonnenaufgang hier mit der
Arbeit beginnen soll.

Lui Nan kann es noch nicht fassen, dass sie jetzt ein
richtiges Bett haben wird, dass es nachts nicht mehr
auf sie herunterregnet, dass sie nicht mehr ins dreckige
Boot zurückmuss, dass ihre Tochter ein Zuhause haben

wird, wie sie es nie hatte. Wenn doch Shen das sehen könnte … Weil bei dem Gedanken sofort wieder die Traurigkeit hochkommt, will sie jetzt nicht an ihren getöteten Mann denken. Jetzt muss sie an sich und an Lui Shen denken. Hier werden sie eine Zukunft haben, das Leben kann wieder neu beginnen. Ihre wenigen Habseligkeiten sind schnell aus dem Boot geholt und zum Abschied wirft sich Lui Nan auch vor Wang und seiner Mutter nieder, um ihnen ihre Dankbarkeit zu zeigen. Aber die sagen nur: „Wir wünschen dir einen guten Start in dein neues Leben. Vielleicht ist es sogar unser Gott, der dir diesen Start organisiert hat. Wir waren nur seine Gehilfen. Jesus Christus segne dich. Wir kommen mal wieder vorbei. Und denke daran", ruft Xukai ihr nach: „Mutter Maria hat immer ein offenes Ohr für dich!"

Zuerst will Lui Nan das Bettzeug lüften. Doch vor der Baracke ist es genau so staubig, wie am Kanal. Einfach wie oben am Himmelsstern die Sachen auf die Wiese legen, das geht hier nicht. Sie findet aber zwei Eisenstangen, die sie schräg an die Wand lehnen kann, und darauf werden die Decken in die Sonne gehängt. Ihre wenigen persönlichen Dinge finden im Schrank gut Platz, für die Vorratskiste, die wegen des Ungeziefers an der Decke hängt, hat sie nichts beizusteuern. Natürlich ist sie auf Xiaoju gespannt. Werden sie in Harmonie miteinander hier leben können? Lui Shen erobert ihr neues Zuhause auf ihre Art. Sie läuft vorsichtig und leise durch das Zimmer, als wolle sie niemanden aufwecken. Überall muss der Wasserbüffel hin und „sagen", ob es ihm gefällt. Dabei hält sie ihn ans Ohr und man könnte glauben, er antwortet tatsächlich.

Als es dunkel wird, kommt Xiaoju und wundert sich, dass ihr Zimmer belegt ist. Niemand hat ihr von der neuen Einquartierung erzählt. Abwartend, fast lauernd, stehen sich die beiden gegenüber. Lui Nan schätzt im Halbdunkel des Zimmers, dass Xiaoju höchstens zwanzig Jahre alt ist. Sie sieht krank aus. „Bist du nur für eine Nacht hier oder bleibst du länger?" „Der ehrwürdige Herr Ruppert hat mir dieses Zimmer zugewiesen, weil ich ab morgen beim Koch arbeiten werde. Ich hoffe, er ist mit mir zufrieden und ich kann länger bleiben. Darf ich dir mal vorstellen, das ist Liu Shan, meine Tochter." „Woher kommst du und wo ist dein Mann, wenn du eine Tochter hast?" Jetzt nur nicht zu viel erzählen, denkt sich Lui Nan, und keine Lügen mit abgebranntem Schiff oder so, wie Shen es allen aufgetischt hat. Sie sagt nur kurz: „Er lebt nicht mehr und wir sind allein und haben kein Zuhause. Freunde haben uns zu Mister Ruppert gebracht und der war so gütig, mich hier einzustellen." „Beim Koch, na dann pass nur auf, dass er dir das Leben nicht zur Hölle macht." Das klingt nicht gut, aber Mädchen, was hast du für eine Ahnung, was Hölle ist, denkt Lui Nan. Inzwischen hat Xiaoju die Lampe angezündet und ein warmes Licht lässt den Raum richtig gemütlich erscheinen. „Habt ihr schon gegessen?" „Nur zum Frühstück hatten wir frische Teigtaschen – und bei Herrn Ruppert einen wunderbaren Keks aus Europa." Xiaoju schaut hoch zur Vorratskiste: „Na, wollen wir mal sehen, ob wir da noch etwas für uns drei finden. Das sollte eigentlich noch die ganze Woche reichen."

Es ist beim Essen ziemlich still. Beide Frauen wissen, dass sie etwas zu verheimlichen haben, aber es wird Zeit brauchen, bis sie sich offenbaren. Die Stunde der Wahrheit kommt in der ersten Nacht. Lui Nan hat ihr Kind im Arm und schläft entspannt, wie seit Wochen nicht mehr. Irgendwann in der Nacht wird sie wach, weil drüben im anderen Bett Xiaoju im Schlaf winselt und angstvoll zusammenhangloses Zeug redet, sich hin und her wirft und schließlich anfängt zu schreien. Lui Nan steht auf, geht an ihr Bett und sieht, dass sie schläft und scheinbar fürchterliche Träume hat. Sie rüttelt die Schlafende an den Schultern, aber sie wird nicht wach. Schließlich gelingt es ihr, Xiaoju in die Wirklichkeit zurückzuholen. Völlig außer Atem kann sie Danke sagen und dann weint sie wie in bitterer Verzweiflung. Lui Nan setzt sich an ihr Bett und streichelt sie vorsichtig am Kopf. „Hast du öfters solche bösen Träume?" „Ja, fast jede Nacht und es ist so furchtbar und lange, weil mich niemand weckt. Danke, dass du mich geweckt hast." Langsam kann sie sich beruhigen und als Lui Nan aufstehen will, ergreift sie ihre Hand und zieht sie zurück aufs Bett. „Bleib noch etwas bei mir, es tut so gut, jemand zu haben. Einmal kamen Arbeiter herein, weil sie mich schreien hörten und dachten, mich will jemand ermorden. Als sie merkten, dass ich nur träume, war es ihnen und mir sehr peinlich. Ich weiß, dass sie hinter meinem Rücken davon sprechen, dass ich einen bösen Geist habe, der mich quält. Aber so ist es ja auch. Immer wieder träume ich davon, dass sich einige schmutzige Monster auf mich stürzen und abscheuliche Dinge mit mir tun. Immer wieder kommt der Traum, immer wieder, und dann habe ich den Rest der Nacht nur Angst."

Lui Nan ist sich unsicher, was sie jetzt tun oder sagen soll. So streicht sie der fremden jungen Frau über den Kopf und mit der anderen Hand berührt sie ihren Unterarm. Jetzt schluchzt Xiaoju leise und es dauert eine ganze Weile, bis sie sich unter den Berührungen von Lui Nan beruhigt. „Weißt du, große Schwester, ich war

fünf Jahre alt, als mich das letzte Mal jemand so lieb-
kost hat. Das war meine Mutter, die bald starb. Das tut
so gut, große Schwester. Dann kam ich zu einer Tante,
die mich schlug und nur schwer arbeiten ließ. Nichts
konnte ich ihr richtig machen. Schließlich bin ich geflohen, habe in Laubhütten und Höhlen gewohnt, habe
mir auf Feldern und Märkten und in Vorratshäusern
mein Essen geklaut und bin immer wieder ins Gefängnis gekommen." Jetzt macht sie eine lange Pause und
versucht in der Dunkelheit das Gesicht von Liu Nan
zu erkennen. Ob sie ihr den Rest auch noch erzählen kann? „Schließlich wurde ich wegen wiederholten
Diebstahls verurteilt und das hieß Abhacken der linken
Hand. Das war eine fürchterliche Vorstellung und ich
konnte mir nicht ausmalen, wie ich dann weiterleben
soll. Der Richter kam hinterher in das Gefängnis und
weil ich weinte und um Gnade flehte, sagte er, dass
ich mit meiner Hand ja auch noch was anderes machen könnte als stehlen. So habe ich angefangen, ihn
zu befriedigen, und bald wollte er mehr und fing an,
mich zu vergewaltigen. Wenn ich nicht wollte, hat er
mir gedroht, die Strafe doch noch zu vollziehen, denn
ich wäre ja dazu verurteilt. Dann kam er eines Tages
und sagte, ich könne jetzt aus dem Gefängnis, müsste aber untertauchen. Ich kam in die große Stadt und
wurde in ein Steinhaus mit vielen Zimmern gebracht.
Die Zimmer waren schön eingerichtet. Hierher käme
er jetzt manchmal und ich würde hier auch anderen
Besuch bekommen. Damit war er weg und als ich auf
die Straße wollte, war die Tür verschlossen. Zwei Männer rissen mich an den Armen und stießen mich in eins
der Zimmer. Dort fielen sie über mich her. Schon am
ersten Abend kamen weitere Männer und das ging die
ganze Nacht so weiter. Es war furchtbar und ich hatte

große Schmerzen. Ich war doch erst 13 Jahre alt. In die schönen Zimmer durfte ich nur, wenn Männer kamen, und da waren Soldaten, betrunkene Kulis und sogar Europäer dabei. Sonst habe ich mit zehn bis 15 Frauen in einem größeren Raum mit vergitterten Fenstern gelebt. Die waren immer ganz nett und freundlich zu den Männern, aber untereinander gab es ständig Streit und auch Schlägereien. Das einzig Schöne war, dass es ein Badezimmer mit warmem Wasser gab." Nach einer Weile: „Und dann hat mir einer die scheußliche Krankheit angehängt und sie warfen mich auf die Straße, weil ich selbst ansteckend geworden war. Ich hatte jetzt Freiheit, aber was sollte ich machen, an Leib und Seele unheilbar krank? So sprang ich in den Kanal, um mich zu ertränken, doch einer von den Erzschiffern hat mich herausgezogen und auf einem Berg von Erz kam ich hier an die Verladestation. Meister Ruppert war gerade am Hafen und sah mich da nass und verzweifelt auf dem Dreck liegen. Während die anderen Schiffer und die Kulis blöde Bemerkungen machten, kam der ehrwürdige Herr Ruppert auf das Schiff, untersuchte mich kurz und hat mich dann einfach mitgenommen. Erst dachte ich, es wäre auch so ein Mann, der Frauen quält, aber er hat mir dieses Zimmer gegeben, und es kam eine gute Frau, die mich jeden Tag besucht und gepflegt hat. Der ehrwürdige Herr Ruppert hat dann auch einen Arzt bezahlt, aber ganz gesund bin ich noch nicht und die Träume und die Angst kommen immer wieder." Lui Nan würde jetzt gern auch ihr Herz ausschütten, aber so viel Leid und Elend im Morgengrauen anhäufen, das würde sie selbst überfordern. Noch eine Weile streichelt sie den Kopf der geschundenen jungen Frau und fragt dann: „Wie alt bist du jetzt eigentlich?" „Siebzehn Jahre müssten es sein, wenn ich

mich nicht verzählt habe." „Warst du fünf Jahre in diesem Hurenhaus eingesperrt?" „Vier waren es nur, vier.
Ich lebe jetzt schon fast ein Jahr hier und mir ist, als
würde ich jetzt erst anfangen zu leben."

Lui Shen ist munter geworden und greift nach ihrer
Mutter, kann sie aber nicht finden, und beginnt zu weinen. Sofort ist Lui Nan zurück und drückt ihre Tochter
fest an sich. Alle drei schlafen an diesem Morgen lange,
auch Xiaoju wacht entspannt auf, weil sie nicht noch
einmal in den bösen Traum zurückgefallen ist. Der
Koch musste warten.

1905

Eugen Ruppert steht unschlüssig in seinem Büro. Das
ist eigentlich überhaupt nicht seine Art. Er ist immer
zielstrebig, handelt kurzentschlossen – aber überlegt. Oft wirkt er wie aufgeregt und gönnt sich kaum
Ruhe. Seine chinesischen Mitarbeiter nennen ihn „die
Dampfmaschine aus Luxemburg", aber die machen
ihm zurzeit keine Sorgen. Es sind die Ingenieure und
technischen Mitarbeiter aus Belgien und Luxemburg,
die zurück nach Europa gehen wollen. Sie meinen, die
Chinesen sind unbelehrbar und ihr Einsatz hier hat
keine Zukunft. Niemals werden sie auf eigenen Füßen
eine Stahlindustrie am Laufen halten können, alle Investitionen sind in den Sand gesetzt. Wenn sich aus politischen Gründen die ausländische Hilfe zurückziehen
muss, bricht hier alles wieder zusammen. Dazu kommt,
dass einige die schlechte medizinische Versorgung und
das Klima nicht vertragen, mehr krank auf ihrer Matte
liegen, als dem Aufbau des Stahlwerkes zu dienen. Sie
wollen zurück, nicht einmal die gute Bezahlung hält sie

hier in Han Yang. Ruppert weiß, dass er sie nicht mit Druck hier halten kann, aber es steht sein ganzes Werk auf dem Spiel. Wenn die Fachleute verschwinden, ist seine Arbeit hier auch am Ende. Der belgische König Leopold II. hat große Hoffnungen auf ihn gesetzt. Die belgischen Ambitionen waren, keine Kolonie in China zu bilden, sondern mit wirtschaftlichem Einfluss und Macht das Land auszubeuten. Sein Plan ist, eine Eisenbahnlinie, die „Grand Central" vom Industriezentrum Hankow bis nach Peking, zu bauen – und dieser Plan ist unrealistisch, wenn die Stahlproduktion in Han Yang ausbleibt.

In der Versammlung mit seinen Technikern heute Nachmittag muss eine Entscheidung fallen, die weitreichend sein wird. Er darf keine persönlichen Befindlichkeiten vorbringen, sondern muss versuchen, die Angestellten zu motivieren, dass dieses Stahlwerk auch ein Teil ihres Lebenswerkes ist. Er blickt aus dem Fenster und sieht die rauchenden Schornsteine, die ihm ein aufregendes Glücksgefühl verschaffen. Wie erbärmlich hat er hier angefangen, man sieht es noch an dem ersten Hochofen dort am Kanal – mit einer Außenhaut aus Holz! Freilich, es gab eine Industrie, die der Gouverneur Tchang im Auftrag des Kaisers hier angefangen hat, doch alles wollte nicht funktionieren. Chinesen, die in England ausgebildet wurden, haben es nicht geschafft, hier verwendbaren Stahl herzustellen. So hat man Techniker wie ihn aus Europa geholt und er ist damals 1894 mit der Aussicht auf viel Geld hierhergekommen.

Aber er fand ein Land in einem schlimmen Zustand vor. So muss es nicht einmal im europäischen Mittelalter zugegangen sein! Auf der einen Seite herrschte eine Elite von weltfremden Beamten des Kaisers und prunksüchtigen Mandarinen, auf der anderen Seite überall unvorstellbare Armut, Seuchen, Hunger und Krankheiten schlimmster Art. Ist das das Volk, das Papierdruck, Porzellan, Seide und Schießpulver erfunden hat? Erst später wird er erfahren, dass es politische Fehlentscheidungen gewesen sind, die das stolze Volk der Chinesen so in den Morast der Geschichte versinken ließ.

Vier Jahre hat er mit belgischen Technikern versucht, eine funktionierende Stahlproduktion aufzubauen. Aber es wurde durch den aufkommenden Hass gegen Ausländer immer schwieriger, fähige chinesische Arbeiter zu gewinnen, um mit ihnen zusammen den wirtschaftlichen Aufschwung des Landes zu erarbeiten. Und dann musste er zurück, um sich in Luxemburg und Deutschland gesund pflegen zu lassen. Zu sehr hat ihn die Last der Arbeit gedrückt und die schmutzige, verseuchte Umgebung hat das Ihre dazu beigetragen.

Ein Dr. Lee hatte das Werk recht und schlecht über die Notzeit gebracht und wollte nun mit der Erfahrung von Eugen Ruppert den Winterschlaf des Fortschritts beenden. Nach den schrecklichen Boxeraufständen mit Tausenden von Toten (auch vielen Ausländern) war China erwacht und wollte endlich an der Zukunft der Welt teilnehmen. Technisches Interesse erwachte unter der Jugend und weil der „Westen" in fast allen Lebensbereichen schneller und besser aufgestellt war, wollte man sich an Europa und Amerika orientieren. Da kam 1904 der erneute Ruf aus China an Ruppert. Er ist nicht so sehr dem Ruf von Dr. Lee gefolgt, dem er nicht viel zutraute, sondern dem Locken seines Sehnsuchtsortes China, und diesmal, findet er, ist auch das Land „reif" für seinen Einsatz. Ein total neues Werk nach europäischem Muster wurde aufgebaut, die Stahlproduktion ist sprunghaft angestiegen – nur ohne fremde Hilfe von Fachleuten geht es immer noch nicht. Er hat eine Schule für technisches Personal aufgebaut, wenn aber auch die Lehrer das Land verlassen, bricht dies alles zusammen. Unvorstellbar, wenn diese Schornsteine da drüben aufhören, dicken Rauch in den trüben Himmel zu blasen. Dann sieht er, wie ein gelblich roter Feuerschein von den Dampf- und Rauchwolken reflektiert wird. Wieder fließen drei Tonnen Stahl in vorbereitete Formen, wieder ist das riesengroße Land einen kleinen Schritt weiter in die Zukunft vorangekommen.

Die Arbeit des ausländischen technischen Personals wird heute bereits 15 Uhr eingestellt, die von ihnen bedienten modernen Maschinen angehalten, nur die Hochöfen werden weiter befeuert, damit sie morgen früh wieder volle Leistung bringen können. Chinesische Angestellte, Arbeiter und Kulis arbeiten weiter. Für sie wird erst 18 Uhr Feierabend sein. In einem Lehrsaal der Technikerschule steht Kaffee bereit und der Koch hat ein Kohlebecken aufgestellt, über dem er mit einem vierteiligen Waffeleisen belgische Waffeln bäckt. Die Ingenieure aus Europa sollen ein Stück ihrer Heimat auch hier genießen können.

Da keine Chinesen dabei sind, braucht es keinen Übersetzer, Eugen Ruppert spricht Französisch. Er blickt in müde und zum Teil auch ablehnende Gesichter. Wird es ihm gelingen, neues Vertrauen in die Arbeit für China zu bringen?

„Meine sehr verehrten Herren Ingenieure, sehr geehrte technische Angestellte, meine verehrten Freunde. Lange haben wir keine Betriebsversammlung abgehalten. Wir haben alle gearbeitet bis zum Umfallen. Die Produktion der neuen Stahlsorten hat sich als sehr schwierig herausgestellt, aber es ist uns gelungen. Stolz dürfen wir auf unsere gemeinsamen Erfolge sein. Die neuen Eisenbahngleise halten den extremen Witterungsbedingungen des Landes stand und China ist nicht mehr auf Importe aus England angewiesen. König Leopold II. hat mich wissen lassen, dass er sehr zufrieden ist mit unserer Arbeit und dass er nun mit allem Nachdruck beginnen kann, die „Grand Central" in Auftrag zu geben. Das ist unser Werk, dass wir die europäischen Interessen in diesem Land vertreten, dass wir unseren Ländern Luxemburg und Belgien den größtmöglichen Gewinn erbringen. So wird China auch davon profitieren. Andere Länder haben Kolonien in aller Welt, beuten sie aus und bringen die Schätze nach Hause. Wir bringen technische Erneuerung und werden dadurch reich und China bleibt in unserer Abhängigkeit. Wir werden uns durch unsere Hochöfen und Maschinen unentbehrlich machen und so den Gewinn für uns verbuchen. Jeder von euch, eure Familien zu Hause und der König selbst werden die Gewinner unserer Arbeit sein.

Als ich das erste Mal vor 14 Jahren hier meinen Fuß auf dieses Land setzte, war alles noch im Tiefschlaf der Resignation. Die Armut war an jedes Haus und jeden Chinesen gekettet, Opium und Seuchen haben die Menschen schon in jungen Jahren dahingerafft. Der Schmutz in den Hütten und an den Kindern war unvorstellbar. Der Aberglaube machte jede Veränderung unmöglich, die Medizinmänner verwandelten gesunde Menschen in kranke. Ich selbst habe die ersten Jahre in Bambushütten gelebt, bin wochenlang mit Spaten und Spitzhacke durch das Land gezogen, habe Boden und Klima erforscht und bin darüber sterbenskrank geworden, sodass ich zurück nach Europa musste. In dieser Zeit kam der Sturm des Boxeraufstandes über das

Land. Alles, was ausländisch war, ob Technik oder Mission, wurde brutal bekämpft, zerstört und hingemetzelt. Die Anfänge unserer Stahlhütte haben den Ansturm der Irren nur überstanden, weil die chinesischen Arbeiter mit Spitzhacken, Gießpfannen und heißer Schlacke das Werk, ihre Arbeitsstelle, verteidigten. Das Chaos im Lande der 400 Millionen Menschen hatte erneut einen unvorstellbaren Höhepunkt erreicht. Die Armeen von Frankreich, Russland, Japan, Deutschland und England haben dem Spuk 1901 ein Ende bereitet. Doch die Sehnsucht nach diesem Land hat mich wieder hierhergetrieben, weil ich weiß, unsere gemeinsame Zukunft in Belgien und Luxemburg liegt hier. Hier in den Bodenschätzen, in dem gewaltigen Markt der Millionen von Menschen und im Aufbau des technischen Fortschrittes. Was bis zu unserem Einfluss hier passierte, das war verlorene Zeit. Das Eisen reichte gerade mal für Wok und Pflug, doch das reicht heute nicht mehr. Dampfmaschinen, elektrische Antriebssysteme, Brücken und Schiffe zu bauen, das ist es, was wir den Chinesen beibringen. Sie werden noch Jahrzehnte auf unsere Hilfe angewiesen sein. Wenn erst König Leopold die ‚Grand Central‘ verwirklicht hat, wenn auf unseren Schienen voll beladene Güterzüge mit Stahl- und Eisenwaren in hoher Geschwindigkeit durch das Land fahren, dann kann jeder von uns sagen: ‚Das habe ich mit meinem Wissen und mit meiner Arbeit geschaffen.‘ – Meine Herren, ich weiß sehr gut, dass für dieses schwierige Ziel ein entbehrungsreiches Leben von uns erwartet wird. Einige haben mit Malaria und anderen entsetzlichen Krankheiten zu tun und können nur schlecht versorgt werden. Das Essen ist nicht das, was wir von zu Hause kennen, und die hygienischen Bedingungen sind grässlich bis gesundheitsgefährdend.

Wir von der ‚Iron & Steel Works' tun alles, um euch den Aufenthalt und die Arbeitsbedingungen so angenehm wie möglich zu gestalten. Aber seht euch das Umfeld an, wir leben ja schon wie königliche Beamte unter Armut und Dreck rings um uns her.

Klar, wir können nicht zum Krämer um die Ecke gehen, um Luxemburger Schokolade, deutsches Brot und belgisches Bier zu kaufen." Das war das Stichwort für den Koch, der nun wieder mit dem Waffeleisen klappert und süße Duftschwaden durch den Raum ziehen lässt.

„Ich weiß doch, was ihr entbehren müsst, ja, was wir miteinander entbehren. Die Familien sind weit weg und bis wir persönliche Nachrichten von Frau und Kindern erhalten, vergehen Wochen. Von unseren Lieben wird ebensolcher Verzicht erwartet. Das ist echtes Heldentum! Ihr und eure Familien, ihr seid die Helden des neuen Jahrhunderts. Es geht nicht mehr darum, irgendwelche Drachen zu töten, sondern darum, den Teufel der Rückständigkeit, die Dämonen der Armut und die Geister des Aberglaubens zu besiegen. Auch wenn der Chinese heute noch ungebildet und in alten Riten gefangen ist, wir werden ihm helfen, diese Welt mitzugestalten. In dem Millionenvolk schlummert ein großes Potential. Fortschritt braucht Bildung und deshalb bauen wir neben dem Hüttenwerk Schulen und unsere Technikerakademie. Doch wir werden immer dafür sorgen, dass China von uns abhängig bleibt, so wie es unser König will."

Jetzt macht Ruppert eine Pause und rollt eine große Zeichnung auseinander, die er von zwei Männern neben sich hochhalten lässt. „Meine sehr verehrten Herren, was Sie hier sehen, ist ein Zukunftstraum, aber ein sehr realer. Wir beginnen nächsten Monat mit der

Umsetzung und es wird unseren Einsatz hier revolutionieren. Oben erkennen Sie das Hüttenwerk und den Kanal mit der Entladestation. Hier auf der linken Seite entsteht eine Siedlung für Europäer. Moderne Wohnungen im englischen Stil, für jede Familie drei Zimmer und ein kleiner Garten daran. Eure Frauen und Kinder werden hier mit uns leben. Am Morgen verabschiedet ihr euch von Frau und Kind und am Abend geht ihr zu euren Lieben, so wie ihr das von zu Hause kennt. Wir werden hier eine englische Siedlung aufbauen. Auf der rechten Seite sind Schule und Krankenhaus und dieses Gebäude hier wird ein Mehrzweckhaus für Kino, Tanz, Theater und Sport. Die Kirche wird neben dem Krankenhaus stehen, weil ich bereits mit den belgischen Franziskanerinnen Kontakt aufgenommen habe, ob sie hier nicht eine Missionsstation aufbauen wollen. Ja, sie wollen und sie werden sich um die Kranken und die Kinder kümmern und natürlich auch unter den Eingeborenen hier als Missionare arbeiten. Ihr seht also, in einem Jahr können sich eure Familien auf den Weg machen. Und für Sie, meine sehr verehrten Herren, alle zur Ermutigung: Auch ich werde meine Frau hierherholen." Eugen Ruppert lässt die Botschaft wirken und genießt die Verblüffung in den Gesichtern. „Und wo gibt es Schokolade, Zigaretten und Bier?", ruft einer in die ergriffene Stille. Das Lachen im Raum entspannt die Situation und der Koch bietet vier leicht verbrannte Waffeln an. Er hat den Ausführungen so gespannt zugehört – so viel Französisch kann er inzwischen –, dass er seine Waffeln kurz vergaß. „Auch daran habe ich gedacht. An jedem Ende der Häuserzeile ist ein größerer Doppelraum, der als Laden, Fleischerei oder Bäckerei eingerichtet werden kann. Mit der ‚Overseas-Food-Companie' habe ich bereits Verhandlungen aufgenommen. Sie werden uns mit Waren aus aller Welt beliefern. Einige eurer fähigen Frauen können diese Läden wirtschaftlich führen und das Familienbudget damit aufbessern. Mein Freund Maurice Gibero, der königliche Architekt, ist bereits mit der ‚Horn of Wales‘ auf dem Weg zu uns." Jetzt löst sich die Spannung und die Männer reden alle durcheinander, wägen das Für und Wider ab, halten Ruppert für verrückt oder genial. Einzelne machen konkrete Pläne, andere sind dafür, dass die Frauen hier nichts verloren haben.

„Damit Sie sehen, meine hochverehrten Herren, dass diese Pläne konkret sind und wir heute eine neue Epoche von ‚Iron & Steel‘ angefangen haben, gehen Sie alle am Ausgang an mir vorbei und jeder bekommt einen kräftigen Schluck schottischen Whisky. Wir haben hier nicht genug Gläser, so lasst uns als Zeichen der neuen Gemeinschaft die Gläser von Mann zu Mann weiter-reichen."

Am Ausgang des Saales steht Eugen Ruppert, reicht jedem die Hand und fragt persönlich: „Ingenieur Bur-waldsky, kann ich mit Ihnen rechnen?" Die meisten bli-cken ihm offen in die Augen und bestätigen mit einem stolzen „Oui, Monsieur". Einige behalten sich eine Be-denkzeit vor, von direkter Ablehnung spürt er nichts – obwohl er weiß, dass nicht alle seine kühnen Pläne für gut halten. Er weiß ja selbst nicht, ob eine so große Investition sinnvoll ist, denn die Lage in China wird im-mer instabiler. Aber die Unsicherheit darf er sich nicht anmerken lassen.

Der Gouverneur der Hubei-Provinz, Tchang Chi Tung, will vor allem, dass die Stahlproduktion steigt und steigt. Er ist dabei, seine Armee mit neuen Waffen auszurüsten, denn die Kämpfe zwischen den Regional-Mandarinen nehmen immer mehr zu. Auf die kaiserlichen Militärs ist kein Verlass und die Rückständigkeit der chinesischen Armeen hat sich ja verheerend in den Opiumkriegen und im Boxeraufstand gezeigt. Bei ihm wird Ruppert sicher auf offene Ohren stoßen, wenn er seine Pläne vorbringt. Einige Tage wartet er noch, denn sein nagelneuer Ford wird mit der „Horn of Wales" ankommen.

Im besten Anzug, ausgerüstet mit seinen Plänen und Geschenken, begleitet vom Architekten Maurice Gibero, fährt er vor dem Palast des Mandarins vor. Die weit ausladenden Dachschwingen des Eingangstores mit grün glasierten Ziegeln künden jedem Besucher den Rang und den Reichtum des Gouverneurs. Diener stehen bereit und wundern sich, dass der berühmte Europäer keinen Chauffeur hat, sondern selbst den Wagen fährt und nun auch noch zu Fuß das Anwesen betritt – aber die Ausländer haben mitunter sehr barbarische Züge an sich. Nach dem ersten Innenhof mit einem zierlichen Lotosteich erreichen sie die Halle der Ehrerbietung. Es ist in China nicht üblich, dass eine höhergestellte Person auf einen Besucher wartet. Deshalb bittet der Diener in der Empfangshalle um Geduld und meldet dem Mandarin den angekommenen Besuch. Erst wenn dieser mit seinem würdevollen Ornat bekleidet ist und in der Halle der Begegnung Platz genommen hat, wird der Diener die Besucher hereinführen.

Mit einer tiefen Verbeugung bleiben die beiden Besucher in der geöffneten roten Doppeltür stehen und warten, bis der Mandarin ihnen zwei Plätze zuweisen wird. Ruppert hat inzwischen so viel Chinesisch gelernt, dass er hofft, hier ohne Dolmetscher auszukommen. Aber es erweist sich, dass der Mandarin auch ein wenig Englisch kann. Dennoch steht ihm ein Dolmetscher zur Seite, der sowohl Französisch und Englisch spricht. So werden sie alle Absprachen in zwei Sprachen mit-

einander abstimmen, um keine Missverständnisse auf-
kommen zu lassen. Eugen Ruppert überreicht zuerst
eine Flasche portugiesischen Wein und eine Kiste ku-
banische Zigarren als Geschenk, dazu eine Kachel mit
dem Wappen des Königs Leopold II. Ein Diener bringt
auf einem Tablett aus feiner Lackarbeit Tee und kleine Frühlingsrollen. Er schenkt den Tee aus einer reich
verzierten Kanne in zierliche Porzellantassen und zieht
sich dann rückwärtsgehend dezent aus dem Raum zurück. In der Tür verneigt er sich noch einmal tief und
entschwindet lautlos im Nichts.

Interessiert beugt sich der Gouverneur über die Zeichnungen und stellt Fragen, die durchaus verraten, dass er
großes Interesse hat, den wirtschaftlichen Aufschwung
in seiner Provinz voranzutreiben. Erstaunlich ist aber,
dass er fordert, zuerst das Krankenhaus zu bauen. Das
hat seinen besonderen Hintergrund: In den Dörfern
nördlich von Hankow grassiert eine schlimme Typhusepidemie, der mit traditioneller chinesischer Medizin
nicht beizukommen ist. Tausende sterben und Soldaten des Gouverneurs haben das Gebiet abgeriegelt,
damit die Seuche nicht auf die Hauptstadt überspringt.
In den engen und schmutzigen Gassen der Stadt wäre
die Seuche nicht einzudämmen. Er ist sehr gut infor-
miert über die Arbeit der ausländischen Missionare
an drei Standorten in seinem Herrschaftsbereich. Die
Schwesternschaften fürchten sich nicht vor solchen seu-
chenhaften Krankheiten. Er glaubt, dass die schwarzen
Kutten und die weißen Kopfbedeckungen die Frauen
vor allen ansteckenden Krankheiten schützen. Es gibt
auch eine Station mit Brüdern des Franziskanerordens
nahe Hankow, aber die leben sehr zurückgezogen,
nachdem beim Boxeraufstand sieben von ihrer Gemeinschaft getötet worden sind.

„Ich gebe ihm westlich der Fabrik drei Dan Land zur Verfügung", sagt der Mandarin und Ruppert flüstert zu Maurice Gibero: „Das sind knapp 2,5 Hektar, das reicht für die Mission. Das weitere Bauland müssen wir ihm später abschwatzen, dafür brauchen wir mindestens noch einmal zehn Hektar." Eugen Ruppert bedankt sich mit vielen Worten und Verbeugungen und erbittet eine Urkunde mit dem roten Siegelstempel des Gouverneurs.

Vor dem Palast ist der Ford Anziehungspunkt für Männer und Kinder. Die Torwächter des Mandarins haben viel zu tun, dass niemand das blitzende Fahrzeug berührt oder draufklettert. Als Ruppert startet, schrecken einige auf und wollen das Fahrzeug aufhalten. Was er nicht sehen konnte, sind zwei Jungen, die sich unter das Fahrzeug gelegt haben, um es von unten genau zu bewundern. Aber sie bleiben unverletzt und Architekt Gibero registriert, dass hier in China doch einiges anders tickt als im westlichen Abendland.

Papst Pius XI. hat sein Pontifikat am 4. August 1903 angetreten. Schon bald zeigte sich, dass er ein Herz für die Mission hat. Die Orden werden ermuntert, in die heidnische Welt zu gehen und unerreichte Völker zur Kirche zu rufen. Die Orden und Genossenschaften wetteifern geradezu, dem Ruf des Papstes in die Heidenmission zu folgen.

So wird bei den belgischen Franziskanerinnen, die ja schon in der Provinz am Jangtse drei Stationen haben, der Hilferuf von Eugen Ruppert mit Freude aufgenommen. Sieben Schwestern und Pater Orlando machen sich auf den Weg nach Rom. Sie wollen den päpstlichen Segen für ihre Reise, die sie von Neapel aus um ganz Afrika und Indien nach Shanghai führen wird.

Vier Wochen sind für die Überfahrt mit dem Dampfschiff „Cap Verde" geplant. Dass es durch Stürme und
Versorgungsprobleme dann sieben Wochen werden,
ist für die Seefahrt zu dieser Zeit nicht ungewöhnlich.
Zwei der Schwestern und Pater Orlando haben viele
Tage mit Seekrankheit zubringen müssen. Jeder Tag
auf ruhigem Wasser war eine Erholung, aber bereits
wieder die Angst vor neuen Stürmen hat sie seelisch so
belastet, dass Schwester Lina sagte: „Lieber sterbe ich
in China, als dass ich noch einmal auf so einen Kahn
steige." Die tägliche Messe muss an Tagen mit hohem
Seegang ausfallen, weil Orlando sich nicht auf den
Beinen halten kann und grün wie ein Messgewand der
festlosen Zeit aussieht.

In Hongkong wird Post und Stückgut ausgeladen und
nach drei Tagen fahren sie den Huang Pu aufwärts in
den Hafen von Shanghai hinein. Das quirlige Leben der
Stadt zeigt untrüglich, dass sie in einer völlig anderen
Welt angekommen sind. Barfuß laufende Rikschakulis
bahnen sich mit Rufen und akrobatischen Manövern
einen Weg durch die Passanten. Wer keine Personen be-
fördert, hat riesige Bündel oder Kartons geladen, bringt
Tiere mit zusammengebundenen Beinen zum Schlach-
ter oder transportiert überschwappende Jauche aus den
Hutongs, den labyrinthartigen Wohnsiedlungen der In-
nenstadt. Auch die Menschen, die zu Fuß unterwegs
sind, haben fast alle an einer quer liegenden Bambusstange etwas zu schleppen: Körbe mit Hühnern, Gemüse, Abfall oder Bündel irgendwelcher Pflanzen. Alte
Menschen werden auf dem Rücken getragen, indem
sie auf den nach hinten gekreuzten Armen sitzen. Es
sind die Armen, die ihre Familienangehörigen so zum
Tempel, zum Arzt oder zur öffentlichen Toilette bringen. Shanghai macht auf die Neuankommenden den

Eindruck einer auf Hochtouren laufenden Menschen-maschine. Autos entdecken sie fast nicht und wenn sich doch ein chromblitzendes Gefährt den Weg durch die engen Straßen bahnt, dann quetschen sich die Menschen aus Ehrfurcht an die Hauswände.

Wie anders die Zentrale der Heidenmission. Zwischen Palmen und tropischen Pflanzen, eingebettet in einen gepflegten Park, steht das weiß glänzende Haus der katholischen Missionen. Jesuiten, durchreisende Dominikaner und natürlich Franziskaner trifft man hier. Von anderen Franziskanerinnen werden sie herzlich begrüßt, auch weil sie Botschaften und Briefe aus der Heimat dabeihaben. Lediglich der leitende holländische Pater blickt die Neuankömmlinge abfällig an und sagt: „Habt ihr wenigstens das Fahrgeld für die Rückreise dabei? In China werden die Zeiten sehr hart. Das ist hier nichts für Stiftsdamen und Muttersöhnchen." Pater Orlando blättert am Abend in seinem Gebetsbuch unter der Rubrik: „Den Brüdern vergeben", aber unsicher ist er schon.

Die Heidenmission in China wurde bereits 1294 gegründet. Papst Nicolaus IV. beauftragte den als Arzt, Soldat und Richter ausgebildeten Franziskaner Johannes von Montecorvino dazu, die Mongolenherrschaft in China zum Christentum zu bekehren. Außerdem sollte er die abtrünnigen Nestorianer, die im achten Jahrhundert nach China emigriert waren, zurück zur Kirche zu holen. Er soll 6400 Chinesen getauft haben und errichtete die erste Kirche in Peking. Papst Clemens V. ernannte ihn zum ersten Erzbischof von China und zum Patriarchen des Orients.

Mehrere Versuche in den folgenden Jahrhunderten zeigten in China nur mäßigen Erfolg. Nur wenige Chinesen entschieden sich für die ausländische Religion.

Mehrfach haben die Kaiser auch christliche Missions-
arbeit verboten, es gab etliche Märtyrer und das Land
schien für die Botschaft des Evangeliums, wie für den
Handel mit den Barbaren aus dem Westen, verschlossen zu bleiben. Erst nach den Opiumkriegen 1842 und
1860 musste sich China durch die ungleichen Verträge
von Nanjing für den Handel bis ins Binnenland öffnen.
Jetzt war es möglich, dass auch Missionare ins Innere
des Landes vordringen konnten. Entlang den Flüssen
zogen sie den Händlern hinterher, was die Missions-
bemühung in den Verdacht des Imperialismus brachte. Aber die Männer und Frauen der katholischen, wie
auch der evangelischen Mission bemühten sich, das
Vertrauen der Chinesen zu gewinnen. Sie wollten ihnen nichts nehmen, sondern mit der Botschaft der Liebe den lebendigen Gott verkündigen. Dass sie sich der
Armut und der vielen Krankheiten im Lande zuerst
annahmen, sollte ein Zeichen der Liebe Jesu Christi
sein. Dennoch wurden sie als ausländische Teufel bezeichnet, vor denen immer wieder gewarnt wurde.
Wer gar zum Christentum übertrat, verlor das Recht,
Chinese genannt zu werden. Das geflügelte Wort war
immer wieder zu hören: „Ein Christ mehr ist ein Chinese weniger." Aber die Mission ließ sich weder von
Vorurteilen noch von Verleumdung, von Hass oder
Verfolgung, von Verboten oder gar vom Märtyrertod
aufhalten.

Die sieben Schwestern und Pater Orlando sind fest
entschlossen, in die Provinz Hubei zu reisen. Das geht
natürlich nur auf dem Wasser. Der Flussdampfer hat
einen für sie unaussprechlichen Namen. Er steht in
chinesischen Schriftzeichen am Bug, aber sie können
ihn nicht lesen. Es soll wohl so etwas wie „Fliegender

Bambuspfeil" bedeuten. Doch der bewegt sich gemächlich und gewaltig qualmend den Jangtse aufwärts. Die Kabinen sind schmal und einfach, nicht zu vergleichen mit der „Cap Verde". Pater Orlando genießt es, einen Boden unter sich zu haben, der nicht schwankt. Ihre tägliche Messe zelebrieren sie auf dem Vorderdeck. Die chinesischen Passagiere, Händler, Privatpersonen und Soldaten schauen neugierig zu und manchmal sind Bemerkungen zu hören, die Belustigung auslösen. Nur leider können sie das noch nicht verstehen. Es wird also Zeit, sich mit der Sprache zu beschäftigen. Schwester Montancia beobachtet, wie zwei Kinder von mitreisenden Chinesen „Messe" spielen und dabei ganz andächtig sind. Sollte ihr Beispiel tatsächlich Eindruck machen? Sie macht ihren Mitschwestern Mut, das Christsein hier nicht zu verstecken. Schwester Clara meint, man könne die beiden Kinder ja taufen, wenn sie schon so ergriffen sind, doch Pater Orlando sagt nur: „So geht Mission nicht, liebe Schwester!"

Als sie Hankow erreichen, wird es bereits dunkel. Die Dschunken und Erzkähne streben mit dem Dampfer dem Hafen zu. Natürlich hat das große Schiff Vorfahrt, die einfachen Holzboote hätten gegen ihn keine Chance. Die Schiffssirenen heulen auf und am Hafen beginnt emsiges Treiben. Fackeln werden entzündet, Kulis mit Rikschas, Büffelkarren, viele Träger stehen bereit, auch ein Lkw ist vorgefahren, um Ladung für den Mandarin abzuholen. Der Landungssteg ist ein ein Meter breites Brett, über das nun Menschen und Gepäck an Land gebracht werden. Für die größeren Frachten gibt es auf dem „Fliegenden Bambuspfeil" einen Kran, der seine Lasten bis auf den Kai hinüberschwenken kann. Pater Orlando muss die Kisten der Missionare im Auge behalten, dazu das persönliche Reisegepäck. Das Durcheinander ist perfekt, aber er dirigiert die einzelnen Schwestern vor die Kisten, nimmt einem verdutzten Kuli die Fackel aus der Hand und läuft wie ein Feldhauptmann durch das Gewühl am Hafen. Immer wieder stellen sich Männer in den Weg. Er weiß nicht, ob sie betteln oder ihre Dienste als Träger anbieten. Mit einem breiten Lächeln bieten sie ihre Dienste an, aber vertrauenswürdig sehen sie nicht aus. Wenn er nur ein paar Worte verstehen könnte! Die meisten Kulis haben keine Schuhe an und besonders die Lastenrikschas sind schwer beladen. Wie man so ein Gefährt mit nackten Füßen vorwärtsbewegt, ist ihm rätselhaft. Schon allein die Vorstellung schmerzt ihn. Viele der wartenden Kulis haben eine Bambusstange dabei, an der sie an beiden Enden Körbe, Bündel oder Pakete hängen. Geschickt balancieren sie diese Last durch die drängende Menge am Kai. Ein Gefährt nimmt seine ganze Aufmerksamkeit in Anspruch. Ein schweres Holzgestell, was nur ein Rad in der Mitte hat. Ein Lasttier wird davorgespannt und hinterher gehen vier Kulis, welche den Wagen mit Seilen in der Balance halten. In den schmalen Gassen und auf unebenen Wegen ist so eine Konstruktion sicher vorteilhaft bei der Beförderung von schweren Lasten – aber irgendwie akrobatisch.

Inzwischen ist ein zweiter Lkw angekommen, an dessen Fahrertür „Iron & Steel Works" steht. Orlando kann es im Fackelschein lesen und ist erleichtert. Jetzt wird alles gut. Gemeinsam mit den sieben Schwestern hockt er bald auf der Ladefläche. Sie halten ihr Gepäck fest, das bei den holprigen Straßen wilde Tänze vollführt, aber es geht einem Ziel entgegen. Dieses Ziel raucht und streckt finstere Schornsteine in die Nacht. Vom hellen Rauch des Stahlwerkes zeichnen sie sich deutlich gegen den Himmel ab. Der Feuerschein beim Abstich lässt

die schwarzen Fabrikaufbauten bedrohlich erscheinen, sodass Schwester Clara erschrocken ausruft. „Da
brennt es, da brennt es." In den kommenden Jahren
wird dieser Feuerschein für sie tröstlich und beruhigend
sein wie die Feuersäule bei der Wüstenwanderung der
Israeliten. Wenn das Stahlwerk arbeitet, geht es hier allen gut.

Eugen Ruppert selbst kommt aus dem Verwaltungsgebäude und begrüßt die Ankommenden mit herzlichen Worten. Er entschuldigt sich, dass die Missionsstation noch nicht fertig ist. „Wir sind hier in China,
da läuft alles etwas anders als in Europa. Hier ist es
schon mal gut, man hat einen Plan, aber daran muss
man sich nicht halten." Dann blickt er suchend über
den dunklen Platz und ruft zwei Frauen heran. „Das
hier sind Lui Nan und Xiaoju. Die werden sich um
euch kümmern. Sie kennen sich aus, auch in allem, was
Frauen so untereinander zu regeln haben. Und Sie,
Hochwürden, werden sich ja nicht daran stoßen, von
Frauen bedient zu werden. Hier in China ginge das gar
nicht, da müssten es Männer sein, aber Sie kommen
ja mit modernen Einstellungen und keinen so verkrus-
teten konfuzianischen Fesseln, wie sie hier herrschen.
Leider sprechen die beiden hier kein Französisch oder
Englisch, aber dafür können Sie jederzeit die Dienste
meines treuen Dolmetschers Homi in Anspruch nehmen." Die beiden Chinesinnen verbeugen sich tief vor
jeder Schwester, aber Lina geht forsch auf sie zu und
reicht beiden beherzt die Hand zum Gruß. Schüchtern
ergreifen Lui Nan und Xiaoju die Hände, bringen es
aber nicht übers Herz, ihrem Gegenüber ins Gesicht
zu schauen. Orlando kann sich dennoch nicht überwin-
den, den fremden Frauen die Hand zum Gruß zu reichen. „Morgen werden wir dem Gouverneur einen An-

trittsbesuch abstatten. Sie werden nicht alle mitfahren können, denn mein neuer Ford hat nur fünf Plätze und Homi müssen wir auch mitnehmen. Habt ihr ein schönes Geschenk für den Mandarin dabei? Das ist hier in China wichtig! So und nun", ergänzt er, zu den beiden Chinesinnen in ihrer Sprache gewandt, „bringt unsere Gäste, die bald unsere Mitarbeiter sein werden, zu ihrer provisorischen Unterkunft." Er sagt es auch noch einmal auf Französisch, damit die Gäste wissen, was jetzt passiert, und vor allen Dingen, dass die Zimmer nur ein Provisorium sind.

Eine Baracke – ähnlich wie für die Arbeiter – steht auf dem Gelände der Missionsstation. Von den Steinhäusern sind in der Dunkelheit nur Umrisse zu erahnen. Die Gäste sind müde, lehnen ein Abendessen zu dieser späten Stunde ab und ziehen sich bald in die fünf einfach eingerichteten Räume zurück. Schwester Clara meint nur ganz trocken: „Eine Klosterzelle kann nicht komfortabler sein." Auch Pater Orlando bekommt sein Zimmer gezeigt, aus dem sich Lui Nan und Xiaoju rückwärtsgehend verabschieden. Er schläft schlecht, weil ihn die ganze Nacht das Summen der Mücken umgibt. Das Schreckenswort „Malaria" geht ihm ständig durch den Kopf. Er schlägt zwar nach den Mücken, die an seinem Ohr vorbeischwirren, aber er ohrfeigt sich meist umsonst. Beim Morgengrauen steht er auf, verrichtet sein Morgengebet und stellt sich dann ans Fenster. „Das soll also unsere Missionsstation werden", spricht er halblaut zu sich. Zu sehen sind mehrere zweistöckige Gebäude aus Ziegeln. Fenster und Türen fehlen noch und es sieht auch aus, als wären die Fußböden noch nicht eingebaut. „Da wird noch mächtig Arbeit auf uns zukommen, ehe wir hier die ersten Patienten aufnehmen können."

Doch da hat er nicht mit chinesischer Mentalität gerechnet. Bereits am nächsten Tag fahren drei Rikschas vor, die Kranke bringen. Eine hochschwangere Frau wird auf einem Büffelkarren herangefahren. So ein Gefährt haben die Schwestern noch nie gesehen. Eine nach vorn und hinten offene Ladefläche und eine Achse mit zwei Rädern. Die Räder sind aber ohne Speichen, sondern aus massivem Holz gefertigt, das nur mäßig rund gesägt ist. Die Schwangere muss entsetzliche Qualen auf der langen holprigen Reise ausgestanden haben. Es hat sich herumgesprochen, dass die europäischen Krankenschwestern angekommen sind, also werden sie jetzt helfen können.

Orlando und Schwester Linda steigen in Rupperts Büro hoch und fragen, was jetzt zu tun ist. „Na helfen, heilen und verbinden, was denkt ihr sonst?" „Aber wir haben doch keinen sterilen Raum, in dem wir die Kranken behandeln können!" „Ihr wisst aber, wo ihr seid? Hier läuft das alles anders. Wenn das Krankenhaus fertig ist, wird alles unseren europäischen Standard haben, aber jetzt müssen wir mit den Umständen zurechtkommen. Wenn ihr die Kranken jetzt wegschickt, dann habt ihr verloren. Es wird sich schneller herumsprechen, als uns lieb ist, wenn wir nicht helfen können. Also: Eine von euch kocht jetzt Tee für alle, auch für die Rikschakulis. Die anderen richten einen Raum drüben notdürftig ein. Der ganz linke Raum hat wohl schon Laufbretter als Fußboden. Hängt eine Decke vor die Tür, nehmt einige Stühle, einen Tisch und eine Liege. Ich schicke euch einen geschickten Handwerker, der der Liege längere Beine anschrauben kann, damit ihr eine Art Operationstisch habt, operieren müsst ihr ja noch nicht … Behandelt die Kranken, gebt ihnen eine Salbe, eine Tablette, damit sie sehen, hier wird geholfen. Die schweren Fälle müssen wir dann ins Krankenhaus nach Hankow bringen. Ihr müsst wissen, die Leute kommen ja hierher, weil sie arm sind und das Krankenhaus nicht bezahlen können."

Orlando will eigentlich etliche Einwände machen, aber die Art von Eugen Ruppert lässt keinen Widerspruch zu. „Ich gebe euch Homi, meinen Dolmetscher, für einige Stunden am Tag dazu, aber bald solltet ihr die Sprache lernen, um direkt mit den Menschen hier zu reden." „Und wo finden wir die Möbel?" „Schaut euch einfach in den Räumen hier um, da steht genug herum, was euch helfen kann." Und damit waren sie entlassen.

Pater Orlando, der eigentlich für die geistliche Betreuung der Schwestern entsandt wurde, entwickelt sich zum Organisationsgenie. „Zuerst die Decke vor die Tür. Wir nehmen den Raum, wo die Fenster nicht zum Hof, sondern zum unbebauten Land hin gehen. Wir brauchen keine Zuschauer. Die Kisten mit den Medikamenten und Verbandszeug stellen wir als Ablagefläche an die Wand ohne Fenster. Darauf breiten wir ein weißes Tuch, in das wir die Instrumente einschlagen, damit sie möglichst keimfrei bleiben. Schwester Montancia, du besorgst einen Kocher und Kessel mit Wasser, damit wir die nötige Desinfektion durchführen können. Die Flaschen mit dem Antiseptikum kommen ebenfalls griffbereit auf dieses Podest." Auch Lui Nan und Xiaoju packen mit an, wissen von manchen Möbelstücken und Gegenständen, die für das Behandlungszimmer von Nutzen sein können. Auch Lui Shen wuselt mit herum. Sie weicht Xiaoju nicht von der Seite, weil sie immer Geschichten erzählt und oft Spaß mit ihr macht. Mit Mama ist sie am Tage nicht so gern zusammen, die ist immer so nachdenklich und lacht nie. Nur nachts, da braucht sie ihre Mama an ihrer Seite – und die Mama braucht sie auch.

Schwester Clara steht im „Operationszimmer" und schaut glücklich in die Runde: „Ich habe mich immer über die blöden Kisten geärgert, die wir bei jedem Aus- und Einschiffen herumschleppen mussten, aber sie sind ja so was von wichtig hier. Die sind ja günstiger als alle Schränke der Welt." Während das geschäftige Treiben das Zimmer immer weiter verändert, wimmert und schreit draußen ein Kind. Schwester Theodora versucht vorsichtig, einen von Eiter durchdrängten Lappen vom Arm des Kindes zu lösen. Das ist natürlich schmerzhaft. Der Arm ist bis zur Hand herunter grässlich verbrannt. Eigentlich brauchte es eine Hauttransplantation, aber daran ist nicht zu denken. Mit einer Brandsalbe und sauberen Binden ist dem Kind geholfen, auch wenn es zeitlebens von großen Narben gezeichnet sein wird. Am Abend wird Schwester Theodora eine Liste von Medikamenten und Material zusammenstellen, was sie aus der Zentrale in Shanghai anfordern müssen, um hier besser helfen zu können. Die ersten Behandlungen von Malaria und Darmkrankheiten machten deutlich, was alles dringend gebraucht wird.

Tchang Chi Tung schickt einen Bediensteten und eine chinesische Hospitalschwester zu Ruppert und den Franziskanerinnen. Homi muss übersetzen: „Wir sollen Ihnen die Schandflecken unserer Stadt zeigen. Der Mandarin möchte, dass Sie sich ansehen, wie dringend Ihre Hilfe hier gebraucht wird. Bitte kommen Sie mit, es stehen drei Rikschas vor der Tür." Schwester Clara ruft ängstlich: „Pater Orlando, du musst mitkommen, vielleicht wollen die uns entführen. Auf so etwas habe ich nämlich keine Lust." „Natürlich komme ich mit, ich will mir ja auch einen Eindruck über den medizinischen Standard in Hankow machen." Doch was sie zu sehen bekommen, ist nicht nur schockierend, sondern ekelhaft. Zuerst geht es in ein Kinderheim. Hier werden ausgesetzte, kranke und behinderte Kinder gesammelt – nicht betreut, sondern bewacht. Lange niedrige Hallen mit einem holprigen Lehmboden, schmutzigen Wänden ohne Putz und Farbe. Die kleinen vergitterten Fenster haben kein Glas, sondern sind mit fettigem Papier beklebt, was zusätzlich ein düsteres Licht in den Raum wirft. Lüftung scheint es nicht zu geben, so haben die undichten Fenster wenigstens eine positive Wirkung. An den linken Wänden entlang sind Holzkästen, in denen je zwei Kinder sind. Säuglinge liegen hier, aber auch ältere, die schon stehen können und versuchen, aus den Kästen zu steigen. Als Kleidung haben sie eigentlich nur Fetzen auf dem Leib, und die Unterlage in den Kästen besteht aus Lumpen. Auf der gegenüberliegenden Seite sind Holzbetten mit nur einer Decke. Hier halten sich Ammen auf, welche die Kinder gegen einen geringen Lohn stillen. Um die Versorgung kümmern sie sich nicht, das ist nicht ihre Aufgabe. So liegen sie im Halbdunkel, schwatzen und streiten miteinander. Die Kinder trocken zu legen oder ihre Wunden zu verbinden, das ist Aufgabe von Wärterinnen. Die muss man wirklich so nennen, weil von Betreuung und Pflege keine Rede sein kann. In einem größeren Verschlag liegen acht bis neun Kinder, apathisch oder schmerzvoll wimmernd. „Die werden heute oder morgen sterben", sagt die Wärterin ungerührt, die sie begleitet. Clara, entsetzt und angewidert, zupft Orlando am Ärmel und sagt: „Wollen wir diese armen Seelen nicht wenigstens noch taufen, dass sie als errettete Engel ins Himmelreich eingehen?" „Das können wir hier nicht machen, später, Clara, später!" „Aber die armen Seelen! Ich spreche ein Gebet und segne sie", ist ihre verlegene Antwort. „Ja, tu das, aber rühr die

Kinder nicht an, wir wissen ja nicht, welche Krankheit oder Seuche sie haben."

Keiner der Besucher ist fähig, etwas zu sagen oder gar sein Entsetzen in Worte zu fassen. Keiner hätte sich vorstellen können, dass die barmherzige Hilfe für arme und ausgegrenzte Kinder so erbärmlich sein kann. Doch es kommt noch schlimmer. Die Krankenschwester schreitet wie eine Museumsführerin über einen von Pfützen und Schlamm bedeckten Hof und steuert auf eine Siedlung von Hütten zu, die äußerlich eher Schweineställen ähneln. Die Türen sind von einem Fetzen Stoff verhängt und auch die Löcher, die eigentlich Fenster sein sollten, sind mit Lumpen oder Gras- und Schilfbatzen verstopft. Die Hütten sind feucht und man kann kaum in der Düsternis etwas erkennen. Auf einer Pritsche von vier mal acht Metern liegt dünnes Stroh und darauf kauern oder krümmen sich etwa 30 Männer. Keiner kann sich hier ausstrecken. Ärmliche Fetzen und zerrissene Decken verdecken abgemagerte schmutzige Gestalten, ohne sie zu wärmen. Wenn sie nicht stöhnen, hocken oder liegen sie stumpfsinnig da und stieren ins Nichts. Sie entlausen sich nicht einmal, was sonst in China üblich ist, wenn Menschen zusammenhocken. Man sieht es in den Dörfern und auf den Straßen der Städte, überall. Nicht selten beobachtet man, dass der eine über seiner Reisschüssel sitzt, während ihn ein anderer von den lästigen Parasiten befreit. Aber nicht einmal diese geringste Mitmenschlichkeit ist hier noch vorhanden. Als sie näher herantreten, sehen sie entsetzliche Wunden, Geschwüre und Verstümmelungen. Orlando, der einiges gewöhnt ist, sieht, wie ein Mann einen Fetzen Papier von einer tiefen, eitrigen Wunde hebt, um Maden herauszupulen – der Pater muss nach draußen und sich übergeben. Als sie endlich alle wieder an der frischen Luft sind, bleibt das Stöhnen und das unfassbare Leid zurück. Weiter geht der Horrorgang an den Häusern der Frauen vorbei. Dort ist es lauter, aber es klingt nach Streit und Zänkerei. Hütte für Hütte ein Sammelbecken von unsagbarem menschlichem Leid.

Schwester Lina bittet Homi, der so unbeteiligt wirkenden Schwester eine Frage zu übersetzen: „Bitte sagen Sie uns, warum werden die Menschen hier wie Tiere gehalten? Keine Barmherzigkeit, kein Erbarmen, kein Mitgefühl?" Die Angesprochene bleibt verwundert stehen. „Krankheiten, Armut und körperliche Gebrechen sind die Strafe der Götter für ein schlechtes Leben. Diese Menschen hier haben es nicht anders verdient. Sie sind im vorherigen Leben böse gewesen, vielleicht Mörder oder Verbrecher. Sie haben vielleicht ihre Frau getötet oder Brunnen vergiftet. Sie bekommen jetzt den Lohn für ihr verdorbenes Leben." Die Wucht dieser Erklärung macht sie alle sprachlos. Orlando wagt zu fragen: „Und warum sind Sie dann Krankenschwester geworden?" „Ich weiß ja nicht, was ich im vorigen Leben gemacht habe. Vielleicht kann ich wieder etwas gutmachen? Es ist mehr eine Vorsichtsmaßnahme." Clara kann nicht mehr an sich halten: „Dann sollten Sie aber mehr Barmherzigkeit üben!" „Das mach ich doch auch in meiner Klinik und bei meiner kranken Mutter. Das reicht, sagt der Priester im Tempel, ich habe ihn gefragt."

Schließlich werden sie zu einem massiveren Haus geführt, in dem Holzverschläge ohne Fenster sind. Ein Loch in der Bretterwand fungiert als „Futterluke". Aber hier sind keine Tiere, sondern die geistig Verwirrten, die Wahnsinnigen und die Gewalttätigen. Hinter den Futterluken erscheint hin und wieder ein fahles Gesicht, das stöhnt, schreit oder flucht, auch versucht, die

Besucher anzuspucken. Pfleger oder Helfer sind auch hier nicht zu sehen, nur Wärter und Wärterinnen, die diese Menschen zwar abfüttern und sie am Ende als Tote abtransportieren, mehr tun sie nicht.

Der Mandarin hatte sein Ziel erreicht: Den Franziskanerinnen ist klar, wie dringend notwendig in diesem Land ein Liebesdienst im Sinne der christlichen Nächstenliebe ist. Doch ist die Aufgabe nicht zu groß? Sie brauchen ein Heer von Schwestern und Pflegern, eine Unmasse an Medizin und Verbandsmaterial, das ist mit ihrer kleinen Kraft nicht zu schaffen. Orlando will den Mandarin dazu bringen, ein ordentliches Krankenhaus zu bauen, um Personal aus Europa und Amerika will er sich kümmern. Doch ihm ist klar, dass eigentlich eine gute Schwesternausbildung hier in China gestartet werden müsste, um diesem Leid, dem Dreck, der Hoffnungslosigkeit und dem Aberglauben zu begegnen. Noch am Abend schreibt er einen Brief nach Belgien und Luxemburg, um das ganze Elend und die riesige Herausforderung für die christliche Nächstenliebe bekannt zu machen. Davor kann kein Christ in der westlichen Welt die Augen verschließen.

Den ersten Patienten in Han Yang kann geholfen werden, nur eine Schwangere können sie nicht zurückschicken. Sie hat bereits Wehen, aber das Kind will nicht kommen. Ein Krankenzimmer ist noch nicht eingerichtet, wohin also mit der Frau? Lui Nan, die mit Xiaoju den ganzen Tag mit geräumt und eingerichtet hat, sagt: „Na, dann muss sie mit in unser Zimmer kommen. Es ist ja wichtig, dass auch die Nacht jemand bei ihr ist." Ihr Mann, der sie hergebracht hat, wird unter dem Büffelkarren schlafen. Lui Nan gibt ihr Bett her.

Die Tochter kuschelt sich zu Xiaoju und sie selbst wird sich mit einer Decke auf den Boden legen. Schwester Clementia, die als einzige einen Entbindungskurs vor der Ausreise absolviert hat, sagt: „Wenn die Geburt losgeht, dann holt mich bitte." Obwohl die Schwangere von mehreren Wehenkrämpfen geschüttelt wird, hat sie bis zum Morgen nicht geboren. Sie wird hinüber ins Behandlungszimmer gebracht, weil die Umgebung in der Baracke doch sehr zu wünschen übrig lässt, was Sauberkeit und Licht angeht. In den Mittagsstunden scheint die Geburt endlich zu beginnen, aber die Frau ist kraftlos und liegt apathisch auf dem inzwischen errichteten Behandlungstisch. „Sie müsste jetzt pressen und sich beteiligen. So wird das Kind nicht kommen." Aber wie sagt man das einer Frau, deren Sprache man nicht versteht? Homi hat das Weite gesucht, als die Frau sich auf der Pritsche krümmt und schreit. Doch Clementia schickt Pater Orlando zu Homi: „Was heißt ‚pressen' auf Chinesisch? Schnell, und versuche es genau wiederzugeben." Homi lacht und sagt: „Án, mit á im zweiten Tonfall. Einfach án." Nun ist es Clementia, die diese „Án" der Frau immer wieder zuruft. Schwester Theodora steht hinter der Frau und kühlt ihr mit feuchten Tüchern die Stirn. Und immer wieder das verzweifelte „Án"! Jetzt drückt sich auch Pater Orlando verschämt aus dem Raum und geht ins Gelände, um für eine baldige gute Geburt zu beten.

Am frühen Nachmittag erblickt ein gesunder Junge das Licht der Welt. Die Mutter schläft und auch Clementia ist völlig am Ende. Die Patienten, die geduldig gewartet haben, werden von Schwester Theodora verarztet. Heute hilft Clara aus, was eine Herausforderung für Theodora ist, denn viele Handgriffe muss sie ihr mehrfach erklären. „Wie kann man nur so schwer von Begriff sein", fragt sie sich, ohne die Geduld zu verlieren. Als Clara dann fragt, ob man bei einem Mann, der starken Durchfall hat, auch die Bauchdecke eincremen soll, reißt Theodora doch die Geduld. „Nimm jetzt den Abfalleimer und vergrabe den Inhalt, aber nicht dort, wo mal unser Garten werden soll, sondern unten am Fluss." Clara vergräbt den Abfall mitsamt dem Eimer …

Die Mutter mit dem Baby wird wieder in Lui Nans Bett gebracht, denn heute muss sie noch hierbleiben. Morgen kann sie die Heimreise auf dem Karren mit ihrem Mann antreten. Lui Nan schläft wieder auf dem Boden, das macht ihr nichts aus, aber diese Nacht wird schlimmer für sie als die letzte mit dem Gejammer der Frau. Heute Nacht hört sie das schmatzende Geräusch, als der kleine Junge an der Mutterbrust trinkt. Ihre Gedanken hämmern geradezu die Erinnerung an ihre zweite Tochter wach. Jede Einzelheit steht ihr so deutlich vor Augen, als wäre es gestern gewesen: die Enttäuschung bei der Geburt, als es wieder ein Mädchen war; die Angst vor ihrem Mann und wie sie dann den Fluss entlang zur Missionsstation gegangen ist, dort ihr Kind einfach liegen ließ. Ihr Kind! Wie mag es ihm gehen? Fünf Jahre müsste es heute sein. Ob die Schwestern sie immer noch bei sich haben? Hat sie jemand adoptiert? Ist sie an einer Krankheit gestorben? Was ist mit meinem Kind, meinem Mädchen, meinem vergessenen Liebling? Die Sehnsucht und die Schuld packen sie so sehr, dass sich ihr Herz schmerzhaft meldet. Sollte sie ihr Kind dort wieder abholen? Nein, wenn die Schwestern hier erfahren, dass sie ein Kind ausgesetzt hat, sie würden sie verachten und vielleicht sogar davonjagen. Auch Mister Ruppert weiß nichts davon, nur Xiauju hat sie es einmal erzählt, aber gebeten, nie wieder davon zu sprechen. Ihre Mutterliebe klagt sie

an, wie konnte sie nur ihr eigenes gesundes Kind weggeben? Vorsichtig steht sie auf, geht an Xiaojus Bett und holt Lui Shen heraus, legt sich mit ihr auf den Boden und birgt sie fest in ihren Armen. Lui Shen ist jetzt schon fast sieben Jahre und bekommt schon mit, dass ihre Mutter nicht immer fröhlich und gut drauf ist. „Mama, du hast mich doch heute Nacht zu dir auf den Boden geholt, willst du nicht, dass ich bei Xiaoju schlafe?" „Nein, nein, mein Kind, Xiaoju ist eine ganz liebe Frau, die sich auch mal freut, ein Kind in den Armen zu halten. Aber ich hatte heut Nacht eine so große Sehnsucht nach … dir, da musste ich dich einfach bei mir haben. Ich hätte sonst nicht wieder einschlafen können." „Aber Mama, warum hast du geweint? Ich habe es gemerkt, weil deine Tränen auf meine Haare gelaufen sind." Lui Nan will ablenken, merkt aber beim Reden, dass sie auf ziemlich schwieriges Terrain kommt: „Weißt du, ich fand es so toll, dass der Papa von dem kleinen Jungen zwei Tage unter dem Büffelkarren geschlafen hat, nur um bei seiner Frau und dem Kind zu sein. Das ist so schön, so etwas zu erleben." „Aber wir haben keinen Papa, der auf uns aufpasst und der uns ein schönes Zuhause bieten kann. Du hast mir immer noch nicht erzählt, wo Papa ist und warum er nicht zu uns zurückkommt." Jetzt nur nicht wieder weinen! Sie muss jetzt stark sein! Sie braucht Zeit, muss sich die Worte jetzt gut überlegen. „Komm, wir gehen mal ein Stück an den Kanal hinunter, da haben wir Ruhe und ich will dir's erzählen."
Direkt am Kai ist es zu laut, es liegen etliche Erzschiffe da und werden mit Rufen und Flüchen entladen. Sie gehen ein Stück weiter in Richtung des großen Flusses und finden einen breiten Stein, der von der Sonne schon gut gewärmt ist. „Meine liebe Lui Shen, hast du dich schon

mal gefragt, warum wir Lui Nan und Lui Shen heißen?"
„Na, weil wir zusammengehören wie eine richtige Familie, nur der Papa fehlt." „Dein Papa hieß Shen mit Namen und er war groß und stark. Er war viele Jahre bei
den Soldaten. Als du geboren warst, kam er zu uns und
hat sich so über dich gefreut, dass er sagte: „Das hüb-
sche Mädchen soll einen Namen von mir und von dir
haben." Und so heißt du Lui als Teil von mir und Shen
als Teil deines Papas." „Das ist ja lustig, aber warum ist
der lustige Papa nicht hier?" „Mein Schatz, dein Papa
hat bei den Soldaten eine ganz schlimme Sache angefangen, er hat Opium geraucht. Die anderen haben
ihn dazu verführt und er wollte kein Außenseiter sein.
Und dann hat ihn die Polizei mit Opium in den Taschen gefangen und der Kaiser hat überall verkündet,
dass jeder, der mit Opium handelt, hingerichtet wird.
So haben sie deinen Papa getötet." Lui Nan zieht ihre
Tochter fest an sich heran und kann die Tränen nicht
zurückhalten. „Mama, du weinst schon wieder!" Nach
einer Weile sagt das Kind: „Xiaoju hat mir erzählt, dass
Opium ein ganz schlimmes Gift ist. Viele Familien sind
dadurch kaputtgegangen. Wer einmal anfängt, das Gift
zu rauchen, der kann nicht mehr aufhören, muss immer wieder welches kaufen, bis die Familie keinen Reis
mehr hat und alle verhungern. Ich will keinen Papa,
der Opium raucht!" Für die Mutter sind diese Worte
wie eine Entlastung und sie muss sich eingestehen, dass
das Kind recht hat. Wäre ihr Leben unter der Gewalt
eines Opiumsüchtigen nicht viel qualvoller gewesen, als
was sie hier erlebt? Sie küsst das Mädchen auf die Stirn:
„So, jetzt aber genug erzählt. Komm, wir wollen den
Schwestern wieder helfen. Morgen kommt der Mandarin und will sie bei der Arbeit besuchen. Da muss alles
sauber und schön aussehen."

Auch der Gouverneur Tchang Chi Tung hat sich ein Auto kommen lassen, aber fährt natürlich nicht selbst. Normalerweise müsste er mit einer geschlossenen Sänfte unterwegs sein, getragen von vier oder sechs Dienern und begleitet von mehreren Soldaten. Aber Tchang ist ein moderner Landesvater und will mit der Zeit gehen. Es gibt noch genügend Gelegenheiten, wo er mit der Sänfte und großem Hofstaat repräsentieren kann. Er entsteigt einem Mercedes aus Deutschland mit einem zurückklappbaren Dach. Der chinesische Chauffeur springt vom Wagen und öffnet die hintere Tür, aus der der Mandarin würdevoll aussteigt. Ein zweiter Bediensteter beginnt sofort, mit einem Tuch den Staub der Straße vom Wagen zu putzen.

Eine Sänfte hätte man beizeiten kommen sehen und wäre im nötigen Protokoll mit der gesamten Mannschaft angetreten, um den Mandarin gebührend zu empfangen, aber das Auto war einfach zu schnell da. Hektisch stürzen jetzt alle durcheinander, um sich in Reih und Glied aufzustellen. Die wichtigste Person, Direktor Ruppert, ganz vorn. Es folgen viele Verbeugungen, Begrüßungsformeln, höfliche Erwiderungen und Austausch von Geschenken. Für den Neubau hat der Gouverneur einen roten Umschlag mit einem hohen Geldbetrag dabei. Für die Schwestern einen Ballen schwarze Seide und Orlando bekommt den letzten Schrei der Moderne, ein Klobecken zum Sitzen, bei dem man hinten einen Eimer auswechseln kann. So muss sich Hochwürden nicht mehr mit den anderen über die Grube hocken.

Auf dem Bau wird heute emsiger gearbeitet als sonst. Tischler sind dabei, die Fenster einzupassen, und Maurer verputzen innen die Wände. Das ist zwar unsinniger Luxus, aber Ruppert wollte es so, weil das mit den verputzten Wänden den europäischen Krankenhäusern entspricht. Doch der Mandarin ist nicht zufrieden, er wollte schon bald das Hospital eröffnen und die Typhuspatienten unterbringen. Die Seuche breitet sich in seiner Provinz immer weiter aus und bei den hygienischen Verhältnissen in den ärmlichen Dörfern ist ihr nicht beizukommen.

Was den Gouverneur aber noch mehr interessiert, ist die Stahlproduktion. Mit vielen Fragen lässt er sich durch die Werkhallen führen. Es ist laut und staubig in der Erzaufbereitung. Vor den Hochöfen stehen Männer mit freiem Oberkörper, die sich vor der abstrahlenden Hitze immer wieder hinter eine Wand flüchten, denn die Schmelze bringt es auf 1200 Grad Celsius. Einem Arbeiter will der hohe Besucher anerkennend auf die Schulter klopfen, da merkt er erschrocken, dass die Schulter eine dicke Schicht von Schweiß und Staub bedeckt. „Bekommen die Arbeiter auch entsprechenden Lohn für diese Schinderei hier?", fragt er Direktor Ruppert. „O ja, die verdienen hier am besten und sie werden auch schneller abgelöst als die anderen. 450 Käsch die Woche, da können sie eine große Familie ernähren. Aber viele trinken auch Reisschnaps, weil die Arbeit so hart ist. Wer das macht, der wird nicht alt, doch ich kann nichts dagegen machen, sie trinken heimlich und in der Nacht."

In der Gießerei will Tchang Chi Tung wissen, ob hier auch Waffen hergestellt werden können. Ruppert sagt: „Ja, einige Kanonen versuchen wir hier zu gießen, aber ich bin hierher nach China gekommen, um den Fortschritt zu bringen. Eisen und Stahl bringen Wohlstand, einen schnellen Warentransport, Brücken und Werksanlagen. Waffen haben bisher nur Rückschritt, Elend und Tod gebracht. Ich liebe China und möchte das Land aufbauen und nicht zerstören."

„Aber es waren doch die Europäer, die mit großer Feuerkraft unser Land in die Knie gezwungen haben, Opiumkriege, Boxeraufstand, Eroberung der Handelshäfen. Wenn wir bessere Waffen gehabt hätten, wäret ihr nicht so weit gekommen. Wir brauchen Waffen, damit ihr uns fürchtet und nicht mehr angreift. Und was ist mit den Japanern? Sie rüsten schon wieder auf und wollen unser Land überfallen. Wir brauchen Waffen, große, schnelle, wirksame Waffen und Kriegsschiffe! Vor allem Kriegsschiffe gegen die Japaner."

Eugen Ruppert muss vorsichtig sein, um den Gouverneur nicht zu verprellen, denn er ist auf seine Unterstützung und Genehmigungen angewiesen. „Kriegsschiffe werden wir hier nie bauen können. Dafür fehlen alle Zulieferbetriebe und der Kanal zum Jangtse ist nicht tief genug. Aber wir werden die Stahlproduktion erhöhen. Mein Plan ist, dass wir an die Spitze in China kommen. Beijing, Tianting und Kanton werden alle bei uns Stahl beziehen, wenn es erst möglich ist, mit der Schienenbahn unser Eisen und Stahl bis in die Hafenstädte zu bringen."

„Ach was soll unser Stahl an den Küsten? Hier brauchen wir Gewehre, Kanonen und Granaten, damit uns niemand mehr angreift und meine Armee so stark wird, dass wir gen Beijing marschieren können. Können wir hier nicht auch Autos bauen, die so stark sind, dass sie unsere Kanonen ziehen und viele Soldaten transportieren können? In Deutschland und England gibt es solche Kraftautos, habe ich gehört. Wenn Sie, verehrter Herr Ruppert, uns hier nicht helfen wollen, dann werde ich Ingenieure aus Deutschland kommen lassen."

Damit war die Unterredung sehr unchinesisch zu einem Ende gekommen. Der Gouverneur stapft mit hochgezogenem Gewand aus den Werkhallen und geht zielstrebig auf seinen Mercedes zu. Ruppert kann nur kleinlaut hinterherlaufen und bemerken: „Seine Majestät, Herr Tchang Chi Tung, wir sind hier für die Grundlagentechnik zuständig. Wir produzieren Stahl und Eisen, für die Verarbeitung müssen ganz neue Voraussetzungen geschaffen werden." – „Dann schaffen Sie die doch, Sie sind der Produzent, ich bin der Abnehmer und ich will Kanonen!" Damit gibt er seinem Chauffeur das Zeichen zum Starten. Der steigt aus, dreht an der Kurbel und mit Erschütterungen, die das ganze Mobil erzittern lassen, beginnt der Motor zu laufen. Eugen Ruppert schaut der sich verziehenden Staubwolke nach und sagt halblaut zu sich: „Das könnte dir so passen, dass wir dir zu modernen Waffen helfen. Eines Tages zieht ihr damit vielleicht noch gegen Europa? Nein, mein Lieber, bleibt ihr mal schön in unserer Abhängigkeit."

Zur Einweihung der Missionsstation kommt der Mandarin mit großem Hofstaat. Eugen Ruppert und seine Ingenieure, Architekt Maurice Gibero, Dolmetscher Homi und Pater Orlando mit den Schwestern stehen bereit. Die Frauen halten sich vornehm im Hintergrund und das Spalier bilden ehemalige Patienten, Bewohner der umliegenden Dörfer und natürlich einige Arbeiter aus dem Stahlwerk, die im Betriebsablauf entbehrlich sind. Alle warten gespannt auf den hohen Gast.
Ein imposanter Umzug marschiert auf das mit Fahnen und Bändern geschmückte Missionshaus zu. Vorweg sechs Trompeter, dann sechs Zimbelspieler, vier mit Becken und zwei mit großen Trommeln. Sie spielen aus Leibeskräften, was aber nicht unbedingt das gleiche Musikstück zu sein scheint. In den Ohren der Europäer ist es nur Krach, was da zu hören ist. Dann

unter einem Schirm die Standarte des Gouverneurs, flankiert von Soldaten. Zwanzig Bewaffnete zu beiden Seiten, die auch die Sänfte von Tchang Chi Tung symbolisch bewachen. Sie haben traditionelle Waffen bei sich: Lanzen, kurze Schwerter, Bogen, Schilde. Die zwei letzten tragen überdimensionale Gewehre der ersten Generation. „Wenn das die Japaner sehen, werden sie aus Angst in die Hosen machen und sich anschließend totlachen", sagt Ruppert zum Architekten, der von der Farbenpracht des Umzuges fasziniert ist. Die Sänfte des Mandarins wird von je drei Trägern im Gleichschritt so bewegt, dass sie fast ohne Schwankungen dahinschwebt. Dahinter vier Konkubinen, die in feierlichem Smaragd gekleidet sind und kunstvoll gestickte Roben tragen. Eigentlich müssten sie die Hauptfrau begleiten, aber Tchangs Frau ist erkrankt und kann selbst in der Sänfte der Feierlichkeit nicht beiwohnen. Der Mandarin hat seine „Staatskleidung" angelegt. Er trägt seine kostbare Drachenrobe aus Seide und Satin, darüber den medaillenbesetzten Überrock aus schwarzer Seide und Brokat. Auf dem Brusttuch trägt er das Wappentier des Pfaues. Der Pfau ist dem dritten Rang des königlichen Beamten zugeordnet. Eigentlich ist er als Gouverneur einer Provinz nur im vierten Rang (Wildgans), aber er zeigt schon einmal seinen Machtanspruch. Seinen Kopf ziert der runde Sommerhut mit einer spitz zulaufenden Kappe aus geflochtenen dünnen Bambusstreifen. Die Spitze ziert ein roter Rubin, in einem Sockel kunstvoll eingefasst. Eine Pfaufeder am Hut unterstreicht seine Ambitionen auf mehr Macht. Dass er sich so über die strengen Zuordnungen hinwegsetzt, zeigt, dass die Kaisermacht am Zerbröckeln ist. Eigentlich hätte er für diese „Amtsanmaßung" den Tod verdient.

Beschlossen wird der Zug von Dienern, die Geschenke, Wasserkannen, Tücher und Regenschirme tragen. Als diese Prozession der Macht das Missionskrankenhaus erreicht, zünden die Arbeiter, die Patienten und die Zaungäste aus den Dörfern ein lang anhaltendes Feuerwerk. Der Nebel, der jetzt über den Platz wabert, macht den Fabrikschloten Konkurrenz, denn dort muss mit einer Mannschaft weitergearbeitet werden; am Hochofen gibt es keinen Feierabend, keine Nachtruhe und keinen Feiertag.

Die Einweihungsfeierlichkeit nimmt ihren Lauf. Reden, Beifall, Feuerwerk, Reden, Beifall. Pater Orlando hält eine Andacht und segnet das Haus mit reichlich Weihwasser. Die sieben Schwestern haben ein vierstimmiges Lied eingeübt und bieten es ergriffen dar.

Die Diener des Mandarins setzen die Sänfte ab, aber er steigt nicht aus und da passiert es: In der Fabrik gibt es eine Detonation, deren Druckwelle die bunten Bänder und Girlanden über ihnen flattern lassen. Eugen Ruppert kann sich nur flüchtig vor dem Mandarin verneigen und eilt dann mit seinen Mitarbeitern und den Arbeitern zur Stahlhütte hinüber.

Ihnen zeigt sich ein Bild der Verwüstung. Scheinbar ist der sieben Meter hohe Ofen mit der Stahlschmelze explodiert. Trümmer liegen im Umkreis von zwanzig Metern und überall, wo das über tausend Grad heiße flüssige Metall auf brennbares Material geschleudert wurde, brennt es qualmend und gefährlich. In der Schmelze liegen drei brennende Bündel – Arbeiter, die bereits tot sind. Einige liegen schreiend am Boden und andere versuchen sie mit Wasser und Sand zu löschen. Ruppert weiß sofort, dass es seine Schuld ist. Immer wieder hatte er vor, Schutzmaßnahmen gegen Feuerunfälle am Hochofen anzuordnen und die Arbeiter in

Brandschutz zu schulen, aber die Produktionszahlen und der weitere Ausbau der Anlagen waren ihm immer wichtiger. Im Bürogebäude hat er Wassereimer aufstellen lassen, weil die Zeichnungen und Unterlagen, das Geld, die gesammelten Kunstwerke und seine persönliche Habe geschützt sein müssen. Zeigt sich jetzt, dass ihm das Leben der einfachen chinesischen Arbeiter weniger wert ist? Er will nicht weiter darüber nachdenken, weil er seine eigenen Abgründe erkennt und weil jetzt geholfen werden muss. Alles vorhandene Wasser in der Fabrik ist verbraucht. Eugen Ruppert versucht, das Chaos einigermaßen zu regeln. Alle verfügbaren Personen – auch die Ingenieure und er selbst müssen mit anfassen. Mit Loren und Bottichen wird Wasser aus dem Kanal herbeigeschafft. Das dauert natürlich, und das Feuer frisst sich weiter in die Fabrik hinein. Orlando und die Schwestern sind inzwischen auch am Unglücksort angekommen. „Kümmert euch um die Verwundeten, schafft sie rüber in das Krankenhaus", ruft er ihnen zu, während er sein Jackett auszieht und über einen alten Bastkorb draußen vor der Werkhalle wirft. Das flüssige Metall verliert seine orange glühende Farbe, aber es ist immer noch so heiß, dass das Löschwasser aufzischt und in weißen Dampfwolken zur zerrissenen Dachkonstruktion hinaufsteigt. Pater Orlando hat inzwischen mit zwei Bambusstangen und einem groben Tuch eine notdürftige Trage gebaut. Unschlüssig steht er da, weil ihm der zweite Mann für den Transport fehlt. Die Schwestern knien neben den Verletzten, die man aus der Gefahrenzone herausgezerrt hat. Sie reden beruhigend auf die wimmernden Männer ein, obwohl keiner von ihnen ein Wort der fremden Sprache versteht. Aber der Tonfall und dass jemand neben ihnen ist, beruhigt. Schwester Clara hat ein abgetrenntes Bein im Arm und läuft irritiert zwischen den Verwundeten umher, doch niemandem fehlt ein Bein. Es muss von einem der verbrannten Opfer stammen. Die Situation unvorstellbar grausam. „Clara, komm her und hilf mir mit der Trage", ruft Orlando.

Als sie das erste Opfer aus der Halle tragen, wundert sich Orlando, wie leicht dieser schmächtige Chinese ist. Am Krankenhaus angekommen, schwitzt Clara doch mächtig und die Arme schmerzen. „Ich bleibe jetzt hier bei ihm, er muss ja unbedingt versorgt werden. Die haben die Wunde mit Sand gelöscht, wie unüberlegt." Orlando klemmt die Trage unter den Arm und geht zurück zum Unglücksort. Eugen Ruppert kommt ihm entgegen und sagt: „Es ist furchtbar. Drei Männer sind total verbrannt und verwundet sind zwölf weitere. Kriegen wir die alle unter? Ich befürchte, dass noch einige sterben werden." „Das verhindere Gott, er sei den verstorbenen Seelen gnädig. Wir werden heute in der Abendmesse der Opfer gedenken und sie der Gnade Gottes anbefehlen."

Der Chef des Stahlwerkes aber hat andere Probleme. Er muss nach Shanghai, weil in drei Tagen seine Frau Suzanne mit dem Dampfschiff aus der Heimat ankommen wird. Er hatte sich das so romantisch vorgestellt, seiner Frau einen tollen Empfang zu bereiten. In einer Rikscha sollte es eine Stadtrundfahrt durch das alte und neue Shanghai geben, im neuesten Hotel sollte sie sich an die Luft und langsam an das chinesische Leben gewöhnen, dann auf dem Jangtse gemütlich gen Hankow schippern. Doch der Unfall, die ausfallende Produktion, die Reparatur der Anlage und der Verlust einer ganzen Hochofenschicht werden seine ganze Kraft brauchen. Es ist ihm auch peinlich, seiner dem ganzen China-Projekt skeptisch gegenüberstehenden Frau nun eine ruinierte Wirkungsstätte mit Toten und Verwundeten zu präsentieren. Eigentlich sollte die Einweihung des Missionshauses erst erfolgen, wenn sie hier angekommen ist, aber der Mandarin hat so auf die Eröffnung gedrängt und den heutigen Tag festgelegt. Er sei vom Feng-Shui-Meister so bestimmt worden. Jetzt ist plötzlich alles kompliziert. Und wie wird der Mandarin auf den Unfall reagieren?

Pater Orlando und die Schwestern haben voll zu tun. Einer der zwölf Männer stirbt noch am Abend und es wird vielleicht nicht der letzte sein, denn die Brandwunden an Füßen und Beinen sind so schlimm, dass einige eigentlich amputiert werden müssten. Doch dazu ist weder medizinisches Gerät noch Erfahrung vorhanden. Pater Orlando geht mit Schwester Theodora am nächsten Morgen zu Eugen Ruppert, der sich gerade für die Fahrt nach Shanghai rüstet. „Hochverehrter Direktor Ruppert, wir brauchen dringend einen Arzt. Die Verletzungen sind so schwer, dass wir sie mit unseren geringen Mitteln im neuen Krankenhaus nicht ausreichend behandeln können. Bei einigen Männern müssen wir Füße amputieren, sonst sterben sie unweigerlich." Schwester Theodora erklärt den Prozess, der zum unweigerlichen Tod führt, wenn solche totalen Verbrennungen nicht sauber abgetrennt werden. Orlando weiter: „Es muss doch in der großen Stadt Hankow einen Arzt geben, der Amputationen machen kann. Bitte nehmen Sie Ihr Auto und holen Sie einen Arzt hierher oder könnten wir die schwersten Fälle mit Ihrem Auto gar in das Krankenhaus von Hankow transportieren?" Das mit dem Auto war keine gute Idee. „Wo denken Sie hin, Hochwürden, mein Auto ist doch kein Krankentransporter. Ich habe ihn für mich und mein Ansehen herkommen lassen und nicht für halb tote Arbeiter. Wie viele werden denn noch sterben, wenn nicht amputiert wird?"

„Sechs oder sieben", antwortet Schwester Theodora, „die anderen könnten überleben, aber ob die jemals wieder richtig laufen können, ist fraglich."

„Na was soll dann der ganze Aufwand. Es sind Chinesen und wenn sie nicht als Arbeitskraft mehr eingesetzt werden können, dann ist es eben Schicksal, wenn sie sterben."

„Aber Herr Direktor Ruppert, es sind keine Arbeitstiere, es sind Menschen, die mit dem Tod ringen. Menschen, Geschöpfe des barmherzigen Gottes. Vor ihm sind wir alle gleich, egal ob Ingenieur, Kuli oder Priester, Belgier, Luxemburger oder Chinese."

„Natürlich haben Sie recht, Hochwürden, aber schauen Sie sich doch mal um in den schmutzigen Städten, in den primitiven Dörfern mit ihren Lehmhütten, Berghöhlen voller Seuchen. Da ist doch ein deutlicher Unterschied zwischen den primitiven Chinesen und uns hoch entwickelten Europäern. Wenn jetzt zehn Leute am Hochofen ausfallen, werden Hunderte nachrücken wollen. Die sind doch auf uns und auf meine Investitionen angewiesen."

„Aber dazu dürfen Sie Menschen nicht als Arbeitssklaven missbrauchen", entgegnet Pater Orlando ziemlich aufgebracht.

„Das Wort ‚Sklave' möchte ich mir verbitten! Meine Arbeiter werden gut bezahlt. Ganze Großfamilien leben von dem, was die Arbeiter bei mir verdienen."

Schwester Theodora, die jetzt auch in Kampfstimmung ist: „Und was wird aus den Familien der Toten und derer, die wegen ihren Verletzungen nicht mehr arbeiten können? Wovon sollen die jetzt leben?"

„Entschuldigung, liebe Schwester, aber ich bin kein Samariter. Für Kranke und Verletzte, für Kinderbetreuung und Schulen habe ich Sie hierher nach China geholt, wenn Sie eine Armenbetreuung aufbauen wollen, viel Erfolg – das wird ein Fass ohne Boden in diesem Land. Hier muss es ganz andere grundlegende Änderungen geben, aber das ist nicht meine Verantwortung. Wenn die wirtschaftliche Revolution nicht greift, dann habe ich keinerlei Hoffnung für dieses Land und daran arbeite ich … Nun entschuldigen Sie mich, ich muss nach Shanghai, meine Frau abholen. Die wird Sie in Ihrer Arbeit an den Kindern und den Kranken unterstützen, aber nicht als Almosengeberin. Wenn hier etwas zu regeln ist, ich habe das Kommando an Ingenieur Francois Cox übergeben."

Als Eugen Ruppert nach zehn Tagen mit seiner Frau in Han Yang ankommt, hat sich die Lage entspannt. Ingenieur Francois Cox hat einen Boten nach Hankow geschickt und ein Arzt kam für fünf Tage und hat die nötigen Amputationen und auch einige Hauttransplantationen durchgeführt. Zwei weitere Arbeiter sind an ihren schlimmen Verletzungen gestorben. Nur einer konnte bisher entlassen werden. Die Toten müssen nach chinesischer Sitte von ihren Verwandten abgeholt und beerdigt werden. Für drei der verstümmelten Toten gibt es keine Angehörigen, zumindest sind sie nicht ausfindig zu machen. Schwester Clara hat eine Idee, die dann doch nicht so auf allgemeine Zustimmung stößt. „Wenn wir keine Verwandten finden, dann müssen wir eben hier auf dem Gelände einen Friedhof bauen, wir werden sie in einem feierlichen Totenamt zur Ruhe betten. Es werden ja bestimmt noch weitere Menschen hier in der Fabrik und im Krankenhaus sterben." Pater Orlando greift sich an den Kopf. „Was soll denn der Unsinn! Stell dir doch mal vor, es spricht sich herum, dass die Europäer ein neues Krankenhaus mit eigenem Friedhof gebaut haben. Eine bessere Reklame für unsere Station können wir gar nicht machen. Da kommt keiner zur Behandlung hierher."

Suzanne Ruppert ist von ihrem Mann während der Reise von Shanghai nach Hankow auf die Situation vorbereitet worden. Was sie jetzt zu sehen bekommt, lässt das letzte Stück Vorfreude auf ihr Leben in China zusammenbrechen. Armut, Dreck, Arbeiter in zerrissener Kleindung, Kinderarbeit, rauchende Schlote und überall der Staub von Erzgestein, von Hochofenasche und Schlacke. Die Baracken der Arbeiter sind baufällig und trist. Nirgends eine blühende Blume, keine grüne Rasenfläche und die Bäume sind zum Teil abgestorben, weil ihnen der Sauerstoff fehlt. Das soll ihre neue Heimat werden? Doch am Bürohaus sieht es hoffnungsvoller aus. Die Treppen sind sauber gefegt, Fenster sind geputzt, auf dem Boden Teppiche und es gibt im Haus sogar Blumen und Grünpflanzen. Die Unterkünfte der Ingenieure sind gepflegt, es gibt eine Bar ihm Hause und man isst europäische Speisen von chinesischem Porzellan. „Warum gibt es denn so einen großen Unterschied zwischen den Chinesen und euch hier?" Doch ihr Mann sagt abwertend: „Das sind doch nur Chinesen, ungebildetes und abergläubiges Volk. Wenn ich unseren Leuten hier nicht einen gewissen europäischen Luxus biete, machen die den Rückzieher und verlassen mich. Du wirst es auch schön hier haben. Lass uns gemeinsam planen, wie wir Han Yang zu einem kleinen Paradies für uns bauen." „Nicht ohne dass wir auch die Situation der Chinesen verbessern." „Ich bin gespannt, wie lang du dein soziales Gewissen hier pflegen kannst – aber im Grunde hast du recht. Die Menschen hier sind eigentlich gut und willig, aber wir werden sie nie ganz verstehen."

1908

Es ist ein herrlicher Morgen. Der Wind kommt vom Westen und bläst die Rauchschwaden und Gase der Stahlhütte gen Osten, hinüber zum Jangtse. Suzanne steht am offenen Fenster und genießt die frische Luft, die nach Akazien und Rhododendron riecht. Ihr roter Morgenmantel ist nur leicht über die Schultern gelegt und fällt offen in den sanften Hauch, der in das Schlafzimmer der Rupperts weht. Ihr schöner, noch jugendlich wirkender Körper zeichnet sich verführerisch ab, sodass es Eugen nicht mehr in seinem Bett hält. Er stellt sich hinter sie, umschlingt sie mit seinen Armen und küsst sie zärtlich auf den Hals. „Suz, du bist so schön und es tut mir bis in die Seele leid, dass wir keine Kinder haben." Ohne sich aus seiner Umarmung zu lösen, dreht sie sich um und drückt ihr Gesicht an die breite Brust ihres Mannes. Eugen spürt ihren warmen Körper, merkt aber auch, dass sie weint. Ja, warum ist ihnen damals nur ein totes Kind geboren worden? Wochenlang haben sie gemeinsam geweint, auch weil der Arzt sagte, dass es ein weiteres Kind nicht geben wird. Warum nur, warum? Er hat seinen Schmerz damals mit Arbeit betäubt, aber wie seine Frau damit zurechtgekommen ist, hat er von China aus nicht verfolgen können. Die schwachen Äußerungen und Tröstungen in den Briefen, die wochenlang unterwegs waren, haben nicht geholfen. Gut, dass sie bei den Franziskanerinnen daheim Freundinnen hatte, die sie getröstet und ihr Mut gemacht haben, das Schicksal von Gott anzunehmen. Schließlich hat sie in ihr großes Haus Waisenkinder aufgenommen und eine echte Beschäftigung gefunden, die ihr half, mit dem Schmerz fertigzuwerden. Oft hat Eugen sie auch hier in den Tagen in Han Yang beobachtet, wie sie den Kindern nachschaut. Eugen streichelt seiner Frau über die Schulter und es tut ihm leid, dass er an diesem schönen Morgen wieder so plump mit dem Thema begonnen hat.

Schließlich löst sich Suzanne aus seiner Umarmung, lässt den Morgenmantel nach hinten fallen. „Komm, zeig mir, dass du mich noch lieb hast wie in den ersten Jahren." Sie drängt ihn zurück zum großen herrschaftlichen Bett. Eugen wollte zwar wie jeden Tag sieben Uhr zum Schichtbeginn im Büro sein, aber er lässt sich gern verführen, schließlich haben sie ja viel nachzuholen …

Beim Frühstück beginnt Suzanne unvermittelt: „Eugen, mein Schatz, ich habe mir was überlegt. Ich werde auch hier in China ein Haus für Kinder eröffnen. Es gibt auf dem Gelände der Fabrik so viele schmutzige Jungen und Mädchen, um die sich scheinbar niemand kümmert. Es gibt keine Möglichkeit zum Spielen, nur Dreck und gefährliche Schlacke. Hast du mal gesehen, wie die Mädchen aus dreckverkrustetem Gras sich Bündel zusammenbinden, mit denen sie wie mit Puppen spielen? Jungen, die Krieg spielen und sich mit scharfkantiger Schlacke bewerfen? Auch die Kinder der Arbeiter aus den Baracken haben keine Schule und müssen, sobald sie zehn Kilo heben können, in der Fabrik mithelfen. Eugen, das geht nicht, das ist Kinderarbeit." „Also meine liebe Suz, das sind zwei verschiedene Dinge. Um die streunenden Kinder sollen sich ja die Schwestern kümmern, aber die haben mit dem Hospital so viel zu tun, dass sie nicht dazu kommen. Und was die Arbeiterkinder betrifft, das ist doch eine Frage an die Eltern. Ich beschäftige keine Kinder, aber sie müssen mithelfen, damit der Verdienst der Väter aufgebessert wird." „Dann zahle doch den chinesischen Arbeitern mehr Lohn! Ich finde es unerträglich, dass ein ausländischer Schmelzer zwanzig Mal mehr verdient als ein chinesischer. Findest du das sozial? Findest du das gerecht? Findest du das christlich?" Eugen Ruppert ist jetzt sauer. Er weiß genau, dass es hier in der Fabrik Ungerechtigkeiten gibt, aber er will daran nicht erinnert werden. „Ich zahle den Arbeitern den gerechten Lohn, wie er in China üblich ist. Ich zahle meinen Mitstreitern aus dem Ausland nur mehr, damit sie mir nicht davonlaufen. Aber jetzt muss ich ins Büro. Wenn du etwas mit den Kindern vorhast, dann tu es. Ich bezahle dir alles."

Die Morgenmesse der Franziskanerinnen ist längst vorbei. Die kleine Glocke der Missionsstation ist inzwischen nicht nur zum Zeichen des Morgengebetes, sondern auch zum Beginn der Frühschicht und aller Tagesarbeit auf dem Gelände der „Iron & Steel Works" geworden. Inzwischen gehen hier alle ihrer Arbeit nach. Patienten kommen mit Karren und Rikschas zur Behandlung, im inzwischen eingerichteten Operationszimmer hat der belgische Arzt Guiseppe Assdor seine Arbeit aufgenommen. Pater Orlando war extra nach Shanghai gefahren, um der Missionsleitung einen Arzt abzuschwatzen. Der ist auch dringend nötig, weil immer wieder Unfälle in der Stahlhütte passieren und Menschen aus der Umgebung kommen, die sich das Krankenhaus in Hankow nicht leisten können. Als Eugen Ruppert die Bezahlung des Arztes übernommen hat, hat die Missionsleitung zugestimmt. Dr. Assdor war mit einer dänischen Missionsgesellschaft nach China gekommen, aber die Station wurde von den Japanern überfallen und zerstört, die meisten Chinesen sind getötet worden. Dr. Assdor kam nur deshalb mit dem Leben davon, weil er behauptete, er wäre vom schwedischen König persönlich hierhergeschickt worden und Schweden könnte Japan den Krieg erklären, wenn er erschossen werde. Er ist evangelisch und nimmt die katholischen Gepflogenheiten nicht ganz so ernst. Die Schwestern bezeichnet er als „liebe Pinguine" und Pater Orlando als „Hahn im Hühnerhof". Aber sie arbeiten gut miteinander und Guiseppe Assdor hat schon manchem Chinesen das Leben gerettet. Auch als Ingenieur Jean-Pierre Soisson einen vereiterten Blinddarm hatte, wäre alle andere Hilfe zu spät gekommen.

Suzanne findet Pater Orlando am Bett eines kranken Kindes. Er macht mit ihm Fingerspiele, zu denen man keine Sprachkenntnis braucht. Das Kind ist schwach, aber es lächelt hin und wieder, wenn der Pater seinen Rosenkranz in der Kutte verschwinden lässt und er an einer anderen Stelle plötzlich wieder auftaucht. „Ich müsste mal mit Ihnen etwas besprechen", sagt Suzanne, „kommen Sie bitte ins Foyer des Bürohauses."

Sie erwartet den Pater mit einer Tasse süßem Tee, weil sie weiß, dass er ihn mehr liebt als den allgegenwärtigen grünen Tee. „Vorzüglich, sehr verehrte Madame, vorzüglich! Wie kann ich Ihnen dienen?"

„Pater, die Kinder, es geht um die Kinder. Ich habe gesehen, wie liebevoll Sie sich mit einem kranken Kind abgegeben haben. Warum müssen die Kinder erst krank werden, ehe wir uns Zeit für sie nehmen, sie waschen, versorgen und ihnen Gutes tun? Hier streunen elternlose Kinder herum. Wo schlafen die eigentlich? Andere werden mit zehn oder elf Jahren bereits an die Hochöfen geschickt. Nicht wenige verletzen sich oder werden für ihr kurzes Leben zum Krüppel. Wollten Sie mit ihren Schwestern denn nicht auch etwas Bleibendes für die Kinder tun?"

Der Pater ist über diese indirekte Anklage sehr irritiert. „Sehr verehrte Madame, wir sind jetzt bereits drei Jahre hier. Was wir wollten und was wir tun, sind zwei verschiedene Dinge. Wir träumten von einem beschaulichen Leben auf einer Missionsstation mit Waisenkindern, Predigt an die Heiden und Bienenzucht – das war mein Hobby schon im Kloster von Brügge. Aber die Wirklichkeit hier ist Armut, sind schlimme Krankheiten und eine Taubheit für das Evangelium. Mein Chinesisch ist noch nicht so gut, dass ich predigen könnte. Wissen Sie, wie mich das belastet? Drei Jahre Mission und noch nicht einen Heiden getauft! Das heißt nicht ganz, zwei Sterbende habe ich getauft, aber das ist nicht, was ich wollte. Mir schwebte eine Kirche vor, so im chinesischen Stil, mit geschwungenem Dach und einem Drachen, der vom Erzengel Michael besiegt wird, über dem Eingang. Doch ich musste lernen, dass der Drache in China ja gar nicht der drohende Drache aus der Offenbarung des Johannes ist, sondern er ist in der chinesischen Mythologie meist ein gutes Wesen, ein Gott, der Wasser und Wind, Feuer und Gesundheit beherrscht und schützt. Eine Kirche nur für uns acht Ordensleuten und die Katholiken unter den Ausländern, das macht keinen Sinn. Und die Herren Ingenieure kommen nicht zur Messe, die sind nur auf das Geld aus und führen ein ungeistliches Leben. Ich habe bisher nur die Beichte der Schwestern abgenommen; wissen Sie, wie langweilig das ist?" Plötzlich wird er rot im Gesicht und stottert: „Oh, entschuldigen Sie, das darf ich nicht sagen, nicht einmal denken. Solches ziemt sich nicht für einen Priester." Suzanne muss lächeln und freut sich, den Ordensmann auch einmal so menschlich zu erleben.

Aber dann kommt sie mit ihrem Anliegen heraus: „Ich möchte ein Kinderheim errichten. Einmal für die verwahrlosten Gören, besonders für die, welche keine Eltern haben. Aber vielleicht gibt es in der Umgebung auch viele Kinder, die ohne Betreuung leben oder verstoßen sind. Mein Mann hat mir erzählt, dass besonders Mädchen ganz wenige Chancen haben und manchmal sogar ausgesetzt oder getötet werden, nur weil sie Mädchen sind. Dem Kinderheim soll eine Schule folgen, in der wir den Kindern die nötigsten Dinge beibringen, damit sie am Leben der Zukunft teilnehmen können. Ich will auch eine Abteilung, wo Kinder, die aus dem Krankenhaus kommen, noch eine Weile eine Schonzeit haben, ehe sie wieder zurück in ihr Dorf oder an die Arbeit müssen. Überhaupt möchte ich dafür kämpfen, dass die Kinder nicht schon mit zehn Jahren an den Hochöfen oder im Stahlwerk arbeiten müssen. Kinder gehören in die Schule!" Sie hat sich richtig in Rage geredet und Orlando merkt, dass diese Frau etwas will und etwas fertigbringen wird. „Mein Mann hat mir die finanzielle Unterstützung zugesagt. Was ich jetzt brauche, sind Personen, die mit Kindern umgehen können, die sich als Lehrer eignen und die ein Herz für Kinder haben."

Pater Orlando antwortet nach einer längeren Pause, in der man draußen streitende Kinder hört: „Sehr verehrte Madame Ruppert, behalten Sie sich Ihren Elan und Gott erhalte Ihnen die Spannkraft, diesen Plan durchzuführen. Er ist genau das, was ich mir auch einmal vorgestellt habe, aber wir kommen vom Krankenzimmer nicht weg. Die Not der Menschen um uns hier ist so groß, da brauchen wir Unterstützung von denen, die die Not der Kinder sehen. Ich möchte Ihnen helfen, so gut ich kann. Von meinen Schwestern eignet sich dafür

Schwester Montancia. Schwester Clara ist zwar auch kinderlieb, aber sie wird Ihnen kaum eine Hilfe sein." – „Ist das die mit dem runden Gesicht, die oft ein wenig einfältig wirkt?" – „Jaja, schon, aber sie hat ein so gutes Herz und beten kann die, dass sich alle 14 Heiligen erbarmen, kann ich Ihnen nur sagen. Die brauche ich hier – und auch etwas unter meiner Kontrolle … Ich habe da eine Idee: Es gibt am Jangtse etwa 50 Kilomater abwärts eine Station unserer Schwestern, ‚Maria Herz', die betreiben dort ein Kinderheim hauptsächlich für Waisen. Die sind Fachfrauen auf dem Gebiet der Arbeit mit Kindern. Vielleicht könnten die uns eine Schwester abstellen, damit wir hier eine funktionierende Arbeit aufbauen können."

„O ja, fein, das wäre eine große Hilfe für mich. Wann könnte die Schwester hier sein und wie benachrichtigen wir die Station?" Orlando ist von der Direktheit der Frau überrascht, aber auch erfreut über so viel Entschlossenheit. Nach einer Weile sagt er: „Wir haben hier eine Frau aus Hankow, Lui Nan, die lebt mit einer ehemaligen Prostituierten zusammen. Sie helfen oft bei uns auf der Krankenstation aus oder sind in der Arbeiterküche beschäftigt. Die Frau kennt die Station ‚Maria Herz' irgendwie und vor allem, sie kann auch mit einem Ruder- und Segelkahn umgehen. Die könnten wir dahinschicken, damit sie um Hilfe nachfragt. Es wäre sogar gut, wenn Schwester Montancia mitfährt, sie kann bei dem Vorbringen unseres Anliegens besser argumentieren, denn soviel ich weiß, spricht Lui Nan kein Französisch oder Englisch."

Als Suzanne mithilfe des Dolmetschers Homi Lui Nan den Plan vorlegt, wird sie ganz bleich im Gesicht und beginnt zu zittern. Während Frau Ruppert ihr den ganzen Plan mit dem Kinderheim erklärt und sie dafür begeistern will, hört Lui Nan überhaupt nicht mehr hin. Sie sieht nur noch sich selbst dort an der Station stehen, mit der ungewollten Tochter im Arm, sieht sich am Tisch der Schwestern zum Abendessen und sieht sich flüchten, weg von diesem Ort. Und da soll sie jetzt hin? Wenn sie wiedererkannt wird, was dann? Und wenn sie ihr verstoßenes Mädchen erkennt – nein, das übersteht sie nicht. Niemand kann von ihr verlangen, dass sie sich noch einmal dorthin begibt. Aber Frau Ruppert erzählt und erzählt, schließlich fragt sie, ob die Reise morgen beginnen könnte, Schwester Montancia fährt mit. War es überhaupt eine Frage, war es nicht mehr eine Feststellung? Schließlich sagt Suzanne Ruppert: „Schön, Lui Nan, dass du diesen wichtigen Schritt für das neue Kinderheim tust. Auch für dich habe ich eine tolle Aufgabe in unserem Haus, aber das besprechen wir später. Also morgen nach dem Glockenläuten brecht ihr auf, ich werde einen Kahn besorgen, der ein gutes Segel hat und leicht zu steuern ist. Verpflegung für einen ganzen Tag bereite ich vor. Für die Rückreise werdet ihr sicher einen Tag länger brauchen, da wird euch die Missionsstation der Barmherzigen Jungfrau Reiseproviant mitgeben."

Und damit ist sie verschwunden und auf dem Weg zu Schwester Montancia, ihr den Ausflug anzukündigen. Doch Orlando hatte sie bereits instruiert. Montancias Kommentar: „Nur wenn ihr die ganze Zeit für mich betet, lasse ich mich auf diese Reise ein. Allein mit einer Frau auf diesem weiten Fluss, wie furchtbar! Sie müssen wissen, ich kann nicht schwimmen." – „Liebe Schwester Montancia, vertrauen Sie Ihrem Gott, er will, dass wir hier den Menschen helfen und da wird er uns nicht im Stich lassen." – „Ja, aber wir sollen Gott

auch nicht mit Abenteuern versuchen, Madame." –
„Wenn Sie zur Station Maria-Herz schwimmen wollten, dann wäre das ein Abenteuer. Es bleibt uns ja kein
anderer Weg, als den Fluss zu nehmen. Über Land ist
das sicher eine Reise von mehreren Tagen und über
den Fluss müsste man dann ja auch noch." Die Schwester bekreuzigt sich, seufzt tief und geht, wie von einer
schweren Last gedrückt, in die erst kürzlich eingerich-
tete Kapelle im Krankenhaus.

So geht am nächsten Morgen eine Kahnfahrt auf Reisen, voll beladen mit Angst. Montancia hat Angst vor
dem Wasser und Lui Nan vor dem, was sie in der Mission erwarten wird. Ihre Tochter müsste jetzt fünf Jahre
alt sein. Sie hat ihr damals nicht einmal einen Namen
gegeben. Wie soll sie sie erkennen? Ob sie vielleicht wie
Lui Shen aussieht? Als sie vom Kanal in den Jangtse
einbiegen, braucht Lui Nan nur noch mit dem Ruder
die Richtung zu halten. Die Strömung ist gleichmäßig
und ruhig. Nach zwei Stunden kommt Lui Nan die
Umgebung bekannt vor und tatsächlich gleiten sie am
Himmelsstern vorbei. Viele kleine Hütten stehen am
Ufer, sie sieht bestellte Felder und einige Menschen be-
arbeiten die Furchen, aber niemand nimmt von ihrem
kleinen Boot Notiz. Sollte sie anhalten und nach der
alten Peng fragen? Nein, das könnte die Schuldner von
Shen auf den Plan rufen. Vergeblich sucht sie zwischen
den Feldern Reste von ihrer Schutzhütte, dem Schiffswrack, aber das wurde sicher als Brennholz restlich
aufgebraucht. Und dann verschwindet schon der Himmelsstern hinter einer größeren Baumgruppe. Montancia sitzt in der Mitte des Bootes und betet die ganze
Zeit. Nur keinen Blick auf das Wasser! Nur nicht nachdenken, wie weit das Ufer entfernt ist!

Dann kommt ihnen ein schweres Dampfschiff entgegen. Es ist das Postschiff, was auch einmal in der Woche in Han Yang anlegt. Sie kennt es von Hankow her, dort mussten sie diesem eisernen Monstrum auch ausweichen. Rauchend und schnaufend zieht es etliche kleine Boote hinter sich her, die sonst nur mit Mühe gegen die Strömung den Fluss unterwegs sind. Gute Idee, denkt Lui Nan, das werden wir auf dem Rückweg auch so machen. Aber jetzt muss sie diesem Kollos erst einmal aus dem Weg gehen. Mit aller Kraft rudert sie ihr Boot mit dem rechten Ruderblatt zur Seite und die Wellen des Schaufelraddampfers drücken sie weiter ans Ufer, bis sie mit einem Ruck auf einer Sandbank festsitzen. Einige Matrosen auf dem Schiff haben das beobachtet und rufen zotige Bemerkungen zu den Frauen und lachen über ihr Missgeschick. Als die Wellen des Dampfers verebbt sind, lässt sich das Boot nicht bewegen. Wie Lui Nan vom Boot aus auch schiebt und drückt, es geht nichts.

„Schwester Montacia wir müssen aussteigen und das Boot von der Sandbank schieben."

„Nein, niemals, steige ich in das Wasser. Ich kann nicht schwimmen, das habe ich doch schon gestern gesagt – o wäre ich doch im Krankenhaus geblieben. Heilige Mutter Gottes, du Beschützerin aller Menschen in Not, erbarme dich unser. Heiliger Christopherus, der du Christus über das Wasser getragen hast, trage auch uns heraus aus dieser Not."

Lui Nan hat sich das Oberkleid ausgezogen und bindet sich den Strick um die Hüften, mit dem das Schiff sonst am Ufer festgebunden wird. Sie denkt sich, wenn es ihr gelingt, das Schiff von der Sandbank zu schieben und es wird in die Strömung gedrückt und die Schwester bleibt allein, dann werden auch alle Schutzheiligen nicht mehr helfen können. Also klettert sie über Bord.

Das Wasser ist dort, wo der Bug im Sand steckt, nur knietief.

„Liebe Schwester, bitte setzen Sie sich ganz an das Ende des Schiffes, damit die Spitze entlastet wird, und halten Sie sich gut fest!"

Mit dem Ruderblatt scharrt Lui Nan den Sand zur Seite, gräbt den Bug aus und drückt dann mit dem Ruder unter das Boot. Tatsächlich schwimmt es wieder frei im aufgewühlten Flusswasser und nun hat sie aber Mühe, wieder ins Schiff zu kommen. Die Strömung erfasst sie tatsächlich und Lui Nan kann sich an dem Seil zum Boot ziehen, die Gebete der Schwester werden immer lauter. Total durchnässt klettert Lui Nan zurück ins Boot und bringt das Gefährt erst einmal zurück in eine sichere Fahrtrichtung. Es bleibt ihr nichts weiter übrig, sie muss auch das Unterkleid ausziehen und hängt es wie eine Fahne an die Segelstrippe. Sie denkt, wenn jetzt Männer in einem Boot vorbeikommen, dann ist ihnen der Spott aber sicher. Von daher steuert sie auch weit in die Mitte des Stromes.

Nach einer Stunde ist alles wieder trocken und bald kommt auch die Siedlung mit den so anders aussehenden Häusern und dem hohen weißen Kreuz in Sicht.

„Die Mission, da, schau mal Montancia, hier sind deine Schwestern zu Hause", und mein Kind, denkt sie für sich. Ihr Puls geht schnell und sie hat durch die innere Unruhe Mühe, das Schiff an der Anlegestelle festzumachen. Schwester Mantancia kniet sich vor der Marienstatue nieder. Das Dankgebet kommt aus tiefstem Herzen. Aber jetzt, wo sie wieder festen Grund unter den Füßen und einen wichtigen Auftrag auf dem Herzen hat, ist sie nicht zu bremsen. Zielstrebig geht es die Stufen den Hang hinauf nach oben. Dort werden sie bereits erwartet, denn man hat das Boot mit einer Nonne an Bord hier schon längst entdeckt. Es gibt einen herzlichen Empfang, auch die Leiterin, die hier Schwester Oberin genannt wird, obwohl es ja kein Kloster ist, kommt aus dem Haupthaus. Die beiden Schwesternstationen wissen voneinander, aber man hat sich noch nie besuchen können. Die Wege sind in China noch sehr beschwerlich und außerdem auch zunehmend gefährlich, seit sich viele ehemalige Soldaten als Räuber ihren Unterhalt „verdienen".

Zuerst geht es in die Kapelle und mit Gesang und Gebeten wird für die geglückte Reise gedankt. Inzwischen haben andere Schwestern einen kleinen Imbiss aus Obst, Tee und Gebäck bereitet. Und dann sind die Gäste dran mit erzählen. Lui Nan kann sich an dem französischen Gespräch zwar nicht beteiligen, aber was sie durch Gesten und einzelne Worte mitbekommt, darauf reagiert sie mit Kopfnicken und Lächeln. Dann kommt ein Kinderchor. Alle sind sauber in einheitlicher, selbst genähter Kleidung und singen einen Choral. Lui Nan schaut sich die Gesichter an. Fünfjährige Mädchen sind durchaus dabei, aber sie kann keins entdecken, was Lui Shen ähnlich sieht. Ein klein wenig Enttäuschung macht sich in ihr breit. Ist sie nicht mehr hier?

Mehrere der Schwestern sprechen auch Chinesisch. Eine rückt an die Seite von Lui Nan und stellt sich vor: „Ich bin Schwester Eurike. Ich kann dir gern übersetzen, was hier gesprochen wird. Deine Reisebegleiterin spricht ja in den höchsten Tönen von dir, wie geschickt du mit dem Ruder und dem Segel umgehen kannst. Hast du das mal richtig gelernt?" – „Nein, ich bin früher mit meinem Mann gefahren. Wir haben Eisenerz vom Abbau in die Stahlhütte geschippert, eine ziemlich dreckige Angelegenheit. Da habe ich halt auch mitrudern müssen und wir waren immer froh, wenn der Wind günstig stand. So ein voller Kahn mit Erz ist nicht leicht zu lenken!" – „Alle Achtung, aber das ist ja nicht gerade eine Arbeit für Frauen", entgegnet Eurike. „Die Armut macht's möglich." Beide müssen so lachen, dass die anderen ihr Erzählen kurz unterbrechen. Eine der Schwestern blickt sehr angestrengt herüber, so als wolle sie sich erinnern. Lui Nan dreht ihr Gesicht zur Seite. Ihr schießt das Blut in den Kopf – ob die etwas gemerkt hat?

Auch Lui Nan geht mit zur Abendmesse. Es sind die gleichen Gesänge wie damals vor fünf Jahren, ganz deutlich erinnert sie sich – und dann sieht sie zwischen den herausgehenden Kindern Lui Shen. Nein, das ist sie natürlich nicht, aber das Mädchen sieht genauso aus, wie Lui Shen mit fünf Jahren ausgesehen hat. Ihr bleibt die Luft weg und ihr Herz krampft sich zusammen. Ihr Mädchen, mein Kind, mein weggeworfenes Kind, mein so lange vermisster, im Verborgenen geliebter Schatz. Das Mädchen beachtet sie natürlich nicht, sondern sie geht rüber in die Reihe der Jungen und umarmt einen ungefähr gleichaltrigen Jungen mit einer kahlen Stelle auf dem Kopf. Auch hinkt der etwas, aber er strahlt das Mädchen an und nimmt ihre Hand. Gemeinsam gehen sie wie ein kleines Liebespärchen über den Platz zum Speisesaal. Lui Nan verzögert ihren Schritt und da kommt die Schwester an ihre Seite, die sie vorhin so prüfend angeschaut hat.

„Kann es sein, dass du schon einmal hier bei uns warst, fremde Schwester?" Lui Nan sinkt in die Knie und umfasst einen Fuß der Schwester. „Vergib mir, stoße mich nicht von hier fort. Ich bin eine Schildkrötenmutter, die ihr Kind verlassen hat, ich bin es nicht wert, dass die Götter jemals wieder gut zu mir sind. Von allen Müttern der Welt bin ich die allerschlimmste. Ich habe nie

wieder verdient …" Die Schwester hat sie inzwischen
unter den Armen gefasst und wieder auf die Beine gestellt. „Liebe fremde Schwester, du bist keine schlechte
Mutter. Du hast damals das einzig Richtige getan, weil
du dein Kind nicht behalten konntest. Wir wussten ja
nicht warum, aber du hast es hier in die Hände der
barmherzigen Jungfrau Maria gegeben und dein Kind
ist wunderbar gediehen. Sie ist ein so liebes Wesen, dass
wir alle unsere Freude an ihr haben." – „Nein, nein,
ich hätte mein Kind nicht hierherbringen dürfen. Eine
gute Mutter gibt ihr Kind nicht weg nur aus Angst vor
dem Mann." – „Komm, wir gehen essen und hinterher
erzählst du mir warum – und wie es dir heute so geht."
– „Können wir uns so setzen, dass ich mein Kind beobachten kann, ich fühle erst jetzt, wie sehr ich es liebe."
– „Das kann ich verstehen, aber wir werden Deborah
noch nicht sagen, wer du bist. Darauf müssen wir sie
sehr vorsichtig vorbereiten. Sie denkt ja felsenfest, dass
sie keine Mutter hat. Du wirst gleich sehen, dass wir
eine große Ausnahme gemacht haben. Bei uns sitzen ja
die Mädchen und die Jungen getrennt, aber bei Deborah und Markus machen wir eine Ausnahme. Die beiden sind unzertrennlich, wie Geschwister, obwohl sie
natürlich nicht aus einer Familie kommen. Deborah ist
so hilfsbereit und verständnisvoll und Markus tut es gut,
dass sich jemand um ihn kümmert. Er hat viel Schweres durchmachen müssen."
Lui Nan bekommt kaum einen Bissen hinunter, immer
wieder gehen ihre Blicke hinüber zu den beiden Kindern, die tatsächlich einen liebevollen Umgang miteinander haben. Einmal schaut Deborah direkt herüber,
aber mehr so, wie man eine fremde Person anschaut,
die neu aufgetaucht ist. Lui Nan muss ruckartig weg-
schauen, der Blick dieser Augen sticht ihr ins Herz.

Am Abend hat nun Schwester Montancia ihren schweren Auftritt. Der versammelten Schwesternschaft unterbreitet sie den Plan, dass eine erfahrene Lehrerin mit nach Han Yang kommen soll, um dort ein funktionierendes Schulwesen aufzubauen. Pater Orlando hat ein Schreiben mitgegeben, was nichts an geistlichen Argumenten und biblischen Begründungen vermissen lässt. Bis in die Nacht wird beraten und abgewogen, gebetet und um Gottes Führung gerungen. Schließlich beauftragt Schwester Oberin Basilea Schwester Eurike mit der Aufgabe, ihre Missionstätigkeit in Han Yang fortzusetzen. Wie es nicht anders zu erwarten ist, empfängt Eurike die Entscheidung als einen Weg und Auftrag Gottes und erbittet noch einen Tag zum Abschied hier in der Missionsstation. Dem wird selbstverständlich stattgegeben, denn es gilt noch eine Entscheidung zu fällen: Lui Nan möchte ihre Deborah mit nach Han Yang nehmen.

Die Schwester, welche Lui Nan erkannt hat, setzt sich mit ihr auf eine Bank unter dem großen Kreuz. Ein ruhiger Sommerabend umgibt sie mit aromatischen Düften, der Bambus singt leise im Abendwind, Grillen überbieten sich mit lautstarkem Zirpen und über ihnen huschen die Flughunde lautlos durch den immer dunkler werdenden Himmel. Im Westen sieht man rot-violette Wolkenfetzen, vom Osten zieht die finstere Nacht über den Jangtse herauf. Lui Nan beginnt langsam: „Erzähle mir, wie war es damals vor fünf Jahren, als ich mein Mädchen bei euch gelassen habe?" – „Wir waren natürlich überrascht, als du am Morgen nicht mehr zu finden warst, aber das kennen wir ja. Es werden immer wieder Kinder – meist Mädchen – bei uns abgegeben. Manchmal werden sie sogar nur unten am Fluss der heiligen Maria vor die Füße gelegt. Deshalb geht jeden Tag eine Schwester zum Fluss hinunter, nicht nur um der Jungfrau frische Blumen zu bringen, sondern eben auch zu sehen, ob wieder ein Findelkind abgelegt wurde. Es sind ja immer Notlagen, keine Mutter lässt doch ihr Kind freiwillig allein." Lui Nan weint leise, sie durchlebt noch einmal diese fürchterlichen und schmerzlichen Stunden und auch die Scham bedrückt sie vor dieser verwerflichen Tat und vor sich selbst. „Ja und dann mussten wir doch für den kleinen Säugling eine Amme finden. Da suchen wir dann in den Dörfern nach Müttern, die Milch geben können, wofür wir sie natürlich bezahlen. So kommen sie am Morgen zur Mission und dann am Abend noch einmal. Dazwischen müssen wir versuchen, die Kinder mit verdünnter Ziegenmilch zu füttern, aber die kleinen Feinschmecker wissen genau, was schmeckt. Manchmal verweigern sie am Tag unsere Nahrung, um dann am Abend umso gieriger zu trinken. Erstaunlich, wie sie schon als Kleinkinder ihre Strategien entwickeln. Irgendwann werden sie dann auf unsere Nahrung umgestellt. Der Hunger bringt sie dann schnell dazu, auch wenn uns einige tagelang mit Dauerschreien umstimmen wollen. Die Schwester Oberin sagt dann immer: ‚Ach, will uns wieder einmal so ein Revolutionär terrorisieren?' Mit vier Jahren fangen wir an, die Kinder an die Schule zu gewöhnen. Nicht mehrere Stunden Unterricht, sondern es geht um Regelmäßigkeit und erste Begriffe von Sprache und Rechnen. Wir unterrichten natürlich nicht nur die Jungen, so wie das in China üblich ist, sondern genauso ernsthaft die Mädchen. Wir machen damit gute Erfolge. Schwester Eurike hat hier ein wunderbares System aufgebaut."

„Und warum heißt meine Tochter Deborah? So einen Namen gibt es nicht in China."

„Wir haben dein Mädchen nach einigen Monaten getauft – weiß du, was das ist?"

„Ja, habe ich schon mal gehört, da macht ihr aus den Kindern kleine Christen und schneidet ihnen irgendetwas ab."

Die Schwester lacht: „Nein, wir schneiden niemand etwas ab. Das tun die Juden mit den Jungen, wenn sie in die jüdische Gemeinschaft aufgenommen werden. Wir Christen tauchen sie nur im Wasser unter so als Zeichen, dass die Sünden abgewaschen werden, und dann bekommen die Kinder einen Namen. Wir wussten ja nicht, welchen Namen du deinem Mädchen gegeben hast, und da haben wir gedacht, sie soll einen christlichen Namen bekommen."

„Mein Mädchen hatte noch keinen Namen. Es ging ja alles so schnell. Noch bevor mein Mann, der unbedingt einen Jungen haben wollte, nach Hause kam, habe ich meine Tochter zu euch gebracht. Wir hatten ja schon ein Mädchen und mein Mann wollte unbedingt einen Jungen. Ich hatte Angst, er bringt sie um oder verstößt auch mich." Wieder kommen ihr die Tränen, aber die Schwester hat viel Geduld und wartet. „Und warum habt ihr sie Deborah genannt? Was bedeutet das?"

„Deborah ist eine mutige Frau aus der Bibel, unserem wichtigsten Buch. Sie war eine Prophetin, hat also in Gottes Namen wichtige Botschaften gehabt, sogar vor Könige ist sie getreten und gesagt, was Gott will."

„Also eine mutige Frau! Ja, das wäre gut, wenn meine Deborah auch eine mutige Frau wird und zumindest dafür kämpft, dass Mädchen genauso wichtig sind wie Jungen."

„Damit könnte sie gleich bei uns hier anfangen", lacht die Schwester.

„Ich glaube, das geht nicht, ich will meine Tochter wieder mitnehmen", sagt Lui Nan plötzlich ziemlich energisch.

„Das ist sicher nicht ganz so einfach. Das Mädchen weiß doch nichts von dir, du bist für sie wie eine Fremde. Um dich nicht zu verraten, haben wir, wenn Deborah nach dir gefragt hat, immer gesagt, dass sie keine Mutter hat. Sollten wir ihr sagen, dass du sie nicht wolltest?"

„Nein, nein, aber jedes Kind weiß doch, dass es eine Mutter haben muss. Ich will mein Kind! Was muss ich euch bezahlen, dass ihr sie fünf Jahre aufgezogen habt? Wo finde ich die Amme, dass ich ihr die Milch bezahlen kann? Ich will alles bezahlen, aber ich muss mein Kind bei mir haben. Ohne mein Mädchen fahre ich nicht von hier fort."

Die Schwester weiß, dass es jetzt ein ziemliches Problem gibt. Wie soll man dem Kind das beibringen und was werden die anderen Schwestern dazu sagen? „Wie heißt du eigentlich, fremde Schwester?"

„Wollt ihr mich verklagen, an die Polizei ausliefern, weil ich eine Schildkrötenmutter bin? Was ich von euerm Gott verstanden habe, würde er das nie machen!"

„Fremde, geliebte Schwester, keiner will dich verklagen und du sollst auch nichts bezahlen! Wir können uns den Schmerz einer Mutter gut vorstellen, auch wenn wir keine eigenen Kinder haben. Wir wollen das Beste für dein Kind und auch für dich, dazu braucht es aber noch etwas Zeit. Ich schlage vor, wir gehen jetzt erst einmal schlafen. Du kannst wieder zu den Gästebetten gehen, weißt du den Weg noch? Ich heiße übrigens Schwester Basilea, gute Nacht." – „Ich heiße Lui Nan, gute Nacht."

Die Oberin nimmt Deborah am Vormittag aus dem Unterricht und geht mit ihr in die Kirche. Vor dem Altar setzen sie sich in die Bank, bekreuzen sich und die Frau deutet auf Jesus. „Der liebe Jesus hat deine Mutter gefunden. Sie ist hier angekommen und möchte dich kennenlernen. Heute Mittag werdet ihr gemeinsam essen und morgen nimmt sie dich mit nach Hause." „Ich soll hier weg? Nein, das will ich nicht. Hier ist mein Zuhause, hier ist mein Bett und hier ist Markus. Ohne Markus will ich nirgendwohin. Ich fahre nur hier weg, wenn Markus mitkommt."

Die Oberin und Olivia rufen Montancia und Lui Nan zu sich. Ihnen wird erklärt, dass es da noch ein echt dickes Problem gibt. „Markus ist ein behinderter Junge, der sich so an Deborah gewöhnt hat, dass er sie immer um sich braucht. Nur nachts schlafen sie getrennt, können es aber am Morgen gar nicht erwarten, wieder zusammen zu sein. Seine Eltern waren rechtschaffene Katholiken. Sie waren treu in der Messe, im Opfern und im praktischen Christsein. Im Boxeraufstand kämpften die nationalistischen Kampfschulen gegen die europäischen und japanischen Truppen und alle Ausländer im Lande. Auch gegen die Christen richtete sich der Kampf, es waren ja ausländische Teufel. So wurden auch treue Katholiken unter den Chinesen bekämpft, weil sie mit den Ausländern scheinbar gemeinsame Sache machten. Viele Missionare, Ordensschwestern und Patres, kamen grausam ums Leben. Doch Politik war den Christen fremd. Nach der gewaltsamen Niederschlagung der aufständischen Boxer durch die Ausländer gab es noch viel Hass gegen Europäer und Katholiken. So zogen abgesprengte Boxertruppen noch lange durch das Land, nahmen Rache an den Gegnern und brachten auch vielen Unbeteiligten den

Tod. Über Nacht brachen sie in die Hütte von Markus' Familie ein, erstachen die Eltern und seine Schwester. Nur Markus konnte sich unter einen Holzstapel flüchten. Mit ihren Knüppeln und Messern kamen sie aber nicht an ihn heran, so zündeten sie den Holzstapel über ihm an. Markus drückte sich ganz nach hinten, aber als die Haare Feuer fingen und die Kopfhaut verbrannte, kroch er doch hervor. Die Räuber waren zum nächsten Haus der Christen gezogen, nur einer kam zurück und zertrümmerte mit einem Knüppel das Bein von Markus, aber er überlebte. Buddhisten aus dem Dorf haben ihn halb tot bei uns abgeliefert. Wir haben ihn hier aufgenommen, seine äußeren Wunden geheilt, nur Haare wird er auf der linken Seite nie wieder bekommen. Er war, nein, er ist sehr traumatisiert. Niemand kam an ihn heran, nur Deborah gelang es, sein Vertrauen zu gewinnen. Seitdem sind sie unzertrennlich, und wir lassen sie auch. Es ist ja alles so unschuldig", sagt die Oberin mit einem verständnisvollen Lächeln. „Er bräuchte dringend einen Arzt, der ihm sein Bein richtet und vielleicht auch mit der fehlenden Kopfhaut etwas machen kann. Wir haben hier keinen Arzt und die schweren Fälle bringen wir mit aufwendigen Bootsfahrten in die Stadt. Doch Markus ist ein Sonderfall, ob ihm überhaupt einer helfen kann, ist unklar." Montancia leuchten die Augen: „Das ist ja wie eine Fügung des Höchsten. Wir haben einen Arzt, der sich auch auf Transplantationen versteht. Wenn Deborah und Markus so unzertrennlich sind, dann könnten wir doch beide Kinder mitnehmen. Vielleicht wird das auch Deborah überzeugen." Lui Nan ist der Gedanke noch sehr weit weg. Sie wollten eine Schwester holen, jetzt kommen sie mit Schwester und zwei Kindern zurück nach Han Yang, doch wenn das der Preis ist, den sie für ihr Mädchen zahlen muss, dann gern. „Ja, das finde ich eine gute Idee, jetzt müssen wir nur noch meine Tochter – der Name Deborah ist für sie noch zu ungewohnt – überzeugen, dass sie mit uns kommt." „Das lass mich mal machen", sagt Montancia, die bereits den Plan hat, zuerst Markus mit dem Arzt zu locken.

Beim Mittagessen sitzen Lui Nan und Deborah nebeneinander. Das Mädchen schaut immer wieder prüfend und ungläubig zu der Frau neben ihr. Lui Nan legt den Arm um sie und drückt sie vorsichtig an sich. „Du stinkst", sagt Deborah und rückt ein Stück ab. Lui Nan ist total geschockt und sprachlos. Markus neben Deborah schaut sie entwaffnend an und bemerkt: „Aber schön sieht sie aus. Wo kommst du her, Fremde?" Die Mutter hat sich inzwischen etwas gefangen und versucht zu erklären: „Wisst ihr, ich bin gestern von Han Yang auf dem Jangtse gekommen. Unterwegs ist unser Schiff auf eine Sandbank gelaufen und ich musste mit meinen Kleidern ins Wasser, um das Boot wieder flott zu bekommen. Na ja und deshalb riechen meine Kleider etwas nach dem schlammigen Wasser." „Ja, wie Jangtse riechst du", ergänzt Markus. „Du bist nicht meine Mama, du bist Mama Jangtse", sagt Deborah und beide Kinder müssen herzhaft lachen. „Und doch bin ich deine Mama, die dich so lange vermisst hat. Ich bin so froh, dass ich dich endlich gefunden habe. Jetzt wird alles gut. Wir fahren morgen zu mir nach Hause und dann sind wir eine richtige Familie." „Auch mit einem Papa?", fragt Deborah. Lui Nan ist verzweifelt. Warum ist nur alles so kompliziert um mich herum? Das mit der Familie hätte ich nicht sagen dürfen. „Nein, das nicht, aber mit vielen guten Männern und einem großen Stahlwerk." „Was ist das, ein Stahlwerk?", fragt Markus. Das kann ich dir unterwegs erklären und morgen Abend wirst du es sehen. Wir müssen jetzt unsere Sachen packen, nehmt alles mit, was euch gehört." „Ich will aber nicht weg, mir gefällt es hier, Schwester Basilea ist immer so lieb zu uns." Markus: „Aber wenn sie einen Arzt haben? Willst du nicht, dass ich wieder ganz gesund werde?" „Doch, aber warum kann der Arzt nicht hierherkommen? Mama Jangtse ist ja auch gekommen." Wieder müssen beide Kinder über den lustigen Namen lachen.

Als das Schiff fünf Tage später in den Seitenkanal zu Han Yang einbiegt, haben alle Bootsinsassen Schwielen an den Händen. Sie sind völlig fertig und haben eine schreckliche Fahrt hinter sich.
Erst kamen sie einen Tag später los, weil die beiden Kinder mehr Zeit für den Abschied brauchten, und dann stand der Wind nicht günstig. Immer wieder musste Lui Nan das Segel umsetzen und ohne rudern ging gar nichts. Geschickt hat sie das Boot aus der Hauptströmung gehalten, ist nahe dem Ufer geblieben, aber dadurch musste sie um manches Hindernis herumsteuern. Schwester Eurike hat sich schnell anlernen lassen und wurde beim Steuern und Rudern eine große Hilfe. Wenn die Kinder mit an die Ruderblätter gingen, war es schwierig, den Kahn auf Kurs zu halten. Auch Schwester Montancia musste zeitweise mit anpacken, obwohl ihre Angst vor dem Wasser unverändert blieb. Einmal wurden sie von einer Anhöhe herab beschossen. Ein Schuss traf das Boot und hat das Holz splittern lassen. Zum Glück ist niemand verletzt worden. Wieder war es die beherzte Eurike, die sich auf ein Sitzbrett stellte und ihre Arme weit in die Höhe streckt so wie Soldaten, die sich ergeben. Mit dem weißen Kragen und dem langen Gewand ist sie als Nonne erkannt wor-

den und vor denen haben die Räuber scheinbar immer noch Respekt. Ohne Schwierigkeiten konnten sie weiterfahren.

Sie werden mit Freude am Kai begrüßt und das nächste Problem ist geboren. Lui Shen hat zwei Geschwister bekommen, aber damit ist sie nicht einverstanden. Soll sie jetzt die Liebe ihrer Mutter teilen? Und dazu noch mit so einem hinkenden Kahlkopf? Vom ersten Moment der Begegnung an hat die Harmonie zwischen Lui Shen und Lui Nan einen Knacks bekommen. Die Bemerkung der Siebenjährigen „Das hätte mein Vater sicher nie erlaubt" gibt der Mutter einen tiefen Stich ins Herz.

Die ersten Häuser für die Ingenieure und ihre Familien sind fertig. Lui Nan kann jetzt mit ihrer „Kinderschar" nicht mehr bei Xiaoju schlafen und sie bekommt von Eugen Ruppert einen größeren Raum im Neubau zugewiesen, zumindest bis die Wohnung für eine europäische Familie gebraucht wird.

Auch das Schulgebäude kann bald bezogen werden. Suzanne Ruppert und Eurike planen, bald mit regelmäßigem Schulunterricht zu beginnen. Zwei Klassen wollen sie anbieten. Einmal für die kleinen Kinder, so ab fünf, und dann für die größere Kinder, so ab neun Jahren. Ältere Kinder gibt es ja genug unter den Arbeitern in der Fabrik. Eugen Ruppert hat den Vätern versprochen, dass die Kinder während der Schulstunden eine kleine Bezahlung bekommen, dass es keinen Ausfall im Familienverdienst gibt. Für die jüngere Klasse haben sie bisher wenige Kinder, aber Deborah und Markus sollen schon mal die Stammbesatzung sein. Natürlich auch Lui Shen, aber die weigert sich, mit ihren neuen Geschwistern auch noch in der Schulzeit zusammen zu sein. Die meiste Zeit verbringt sie ja sowieso bei Xiaoju und macht ihrem Ärger dort reichlich Luft. Oft schläft sie auch bei ihr, was die Mutter nicht so gern sieht, aber sie lässt es zu, um die Spannung nicht noch zu erhöhen. Suzanne und Eurike harmonieren dagegen hervorragend. Sie machen gemeinsame Einkäufe in Hankow. Sie schlendern durch die engen Straßen der Stadt, kaufen Papier und Stifte, Kreide und Süßigkeiten als Belohnung für gutes Lernen. An einheitliche Schulkleidung wie in europäischen Schulen ist noch nicht zu denken, aber sie haben es vor, sobald sich der Unterricht einigermaßen eingespielt hat.

Wie das soziale Wesen mit Krankenhaus und Schule wächst auch die Stahlproduktion. Immer neue Hallen wurden angebaut, Walzwerke, Gießereien und Massenfertigung an militärischen und alltäglichen Produkten. 1910 gelingt es Eugen Ruppert und seinen Ingenieuren, die Stahlschmelze auf 127 000 Tonnen zu bringen – das ist im Grunde fast die gesamte Stahlproduktion Chinas in dieser Zeit. Wenn Ruppert die ersten Jahre noch unterwegs war, neue Kohle- und Erzvorkommen auszuloten, so blieb ihm jetzt nur noch die Kraft, den riesigen Fabrikkomplex am Laufen zu halten. Fast täglich sind wichtige Entscheidungen zu treffen, die er mit Francois Cox und weiteren leitenden Mitarbeitern bespricht. Insgesamt hat er jetzt 40 Luxemburger Metall- und Industrieingenieure engagiert, dazu Architekten, Verwaltungsfachleute und Wirtschaftsorganisatoren. Dazu hat er extra Jules Fischer engagiert, der in Luxemburg, Belgien, Frankreich und Deutschland nach den Besten der Besten sucht und sie nach China lockt. Ruppert baut auf Europäer, nichts soll den Chinesen zu viel Einblick in die Arbeit geben. Die Kolonisierung

wird auf wirtschaftliche Art und nicht militärisch voll-
zogen.

Aber mehr und mehr machen ihnen die politischen
Spannungen im Lande Sorgen. Die Kaiserfamilie in
Beijing hört nicht, was die Zeit geschlagen hat. Sie wollen ein starkes China, aber ausgerichtet auf die lange
Tradition der Dynastien und der eigenen Kraft. Gegen
den Fortschritt aus Amerika und Europa wehrt man
sich und wähnt sich stärker in den alten Formen. Viele
der Intellektuellen im Lande wissen, dass sich China
nach Westen öffnen muss, aber die Veränderungen sollen im Rahmen der Traditionen geschehen. Tchang
Chi Tung ist ein Anhänger der Devise „chinesische Bildung als Grundlage, westliches Wissen für den praktischen Gebrauch". Damit war er fortschrittlicher als
viele in Beijing weltfremd dahinschwelgenden Mand-
schu-Bediensteten.

Dass sich in Hankow ein wirtschaftliches Zentrum
durch Hilfe der Ausländer etabliert hat, will man in
Beijing nicht wahrhaben. Weil der Gouverneur Tchang
fortschrittlicher denkt, hat er viel in die neue Technik
investiert. Sein geheimer Plan ist: alte Werte und west-
liche Technik vereinen, um die seit Jahrhunderten herr-
schenden Mandschuren der Qing-Dynastie in Beijing
hinwegzufegen, wenn die Zeit reif ist. Weil die Japaner mit ihrer Kriegsflotte die Insel Taiwan besetzt und
die Alliierten aus Europa mit ihren Kanonenbooten
den Boxeraufstand zu ihren Gunsten beendet hatten,
ist sein Ziel, hier in Han Yang eine Werft für Kriegsschiffe zu bauen. Er träumt davon, mit dieser Flotte gen
Beijing zu fahren und den Himmelsthron zu besteigen.
Doch Eugen Ruppert wehrt sich gegen den Bau einer
Werft: zu weit vom Meer entfernt und die Zulieferung
von weiteren Teilen für die Schiffe ist in Han Yang nicht

möglich. Er vertröstet den Gouverneur damit, dass erst die Bahnlinie „Grand Central" gebaut werden muss, die dann an Hankow und den Hafen angeschlossen wird. Täglich verlassen jetzt schon mehrere Kilometer Bahnschienen das Walzwerk mit bestem Stahl, robust im Abrieb und weitgehend temperaturunempfindlich. Doch Tchang Chi Tung ist auch nicht untätig, er hat schon eine holländische Firma engagiert, welche den Zugangskanal hin zum Jangtse ausbaggern soll. Sein Rüstungsprojekt wird Milliarden verschlingen, aber es gibt Unterstützer seines Planes, wozu nicht wenige wohlhabende Auslandschinesen gehören.

Seit dem vergangenen Jahr hat er seine geforderten Zahlungen an den Kaiserhof schon ausgesetzt. Erst wurden die kaiserlichen Beamten vertröstet, dann bestochen und schließlich ignoriert. Schon droht der Kaiserhof mit einer militärischen Invasion in die Provinz Hubei, aber Tchang weiß, dass dies nur Drohungen sind. Der Kaiser Puyi und sein degenerierter Hofstaat kann sich nicht noch einen Konflikt im eigenen Land leisten.

1911

Das Kinderheim hat inzwischen 23 Kinder aufgenommen. Für die Älteren der Kinder hat die Schule begonnen. Verstärkung kam aus Europa, aber auch von anderen Franziskanerstationen im Land, die geschlossen werden mussten. Die medizinische Arbeit wird auf die Armenhäuser und auf Hausbesuche bei Kranken und armen Familien ausgeweitet. Die Schwestern sehen unvorstellbare Not in den Häusern. Menschen und Tiere hausen gemeinsam und der Dreck ist unvorstellbar –

eine Brutstätte für Krankheiten, Seuchen und Ungeziefer. Natürlich sind die Schwestern gern gesehen, auch
wenn sie mitunter streng gegen Dreck und Unordnung
angehen. Aber der Dienst fordert auch Opfer. Schwester Evangelista, die erst neu zur Station gekommen ist,
hat sich mit Typhus angesteckt und stirbt. Sie ist nun
schon die dritte Schwester, die ihr kurzes Leben für die
Ärmsten in China opfert. Als der Bericht nach Luxemburg und Belgien kommt, melden sich spontan weitere
junge Frauen für den Missions- und Schwesterndienst
bei den Franziskanerinnen. Die Bereitschaft, ihr jun-
ges Leben „in den Dreck zu setzen", wie es Orlando
schelmisch sagt, kann nur gespeist sein von einer tiefen
Liebe zu Jesus und seiner barmherzigen Mutter.

Eugen Ruppert kümmert sich wenig um die Tagespoli-
tik, zu viel Aufmerksamkeit und alle seine Kraft verlangt die ständig wachsende Fabrik. Seine Frau Suzanne ist bemüht, ihn in den wenigen privaten Stunden
immer wieder zu ermutigen, doch die Verantwortung
auf breitere Schultern zu verteilen. Vor allem Chinesen
sollte er stärker in die Leitung des Werkes einbeziehen.
Doch Ruppert zögert. Die gegründete Akademie für
Metallurgie läuft nicht richtig. Zu wenig Augenmerk
wurde auf die Lehrkräfte gerichtet, aber er findet keine
guten Leute, die chinesisch lehren können. Er ist zwar
der Direktor der Akademie, aber die tägliche Lehr-
arbeit kann er unmöglich verrichten, obwohl ihn das
reizt. Er hat dafür chinesische Doktoren und Dozenten
angeworben, die im Ausland studiert haben und natürlich die modernsten Erkenntnisse mitbringen. Neben
den fachlichen Dingen werden aber Ideen laut, die
Ruppert nicht gefallen, doch bei den Studenten auf offene Ohren stoßen. Von Demokratie ist die Rede, über

Verfassung und Parlament wird diskutiert. Was sich im ganzen Land unter den Studenten und der politisch denkenden Intelligenz verbreitet, macht auch vor der Akademie in Han Yang nicht halt. Vor allem Dr. Wei Song, der die letzten zehn Jahre in Japan zugebracht hat, wird nicht müde, das Ende der Monarchie in China heraufzubeschwören. Er lobt den Erzfeind Japan mit seiner technischen Revolution und seiner Kraft der Erneuerung. Japan sei es gelungen, aus mehreren rückständigen Reis-Inseln eine Weltmacht hervorzubringen, die mit ihrer hochmodernen Armee nicht nur China mehrfach vernichtend geschlagen hat, sondern in der Mandschurei sogar Russland besiegte. Sie hätten zwar auch einen Kaiser, aber der ist als Gott in seinem Palast „abgestellt" und das Volk hat sich durch Parlament und Mitbestimmung zum wahren Träger der Macht im Lande entwickelt. Solche Argumente wecken den Stolz der Chinesen und die Jugend ist bereit, allen bisherigen Kitt der Tradition aufzugeben, um ein modernes, westliches China aufzubauen.

Was dem Direktor der Akademie, Eugen Ruppert, überhaupt nicht passt, ist, dass sich ein Studentenrat bildet, der demokratisch gewählt wird und Verbindung zu anderen Universitäten aufnimmt. Er versucht gegenzusteuern und ordnet nach jeder Unterrichtswoche einen Tag praktische Arbeit am Hochofen bzw. in der Fabrik an. Diese Maßnahme wird von der Studentenschaft und den Dozenten mehrheitlich abgelehnt und Ruppert merkt, dass sich die Zeiten tatsächlich geändert haben.

Seitdem macht ihm die Arbeit mit der Akademie keine Freude mehr. Er erwägt sogar, sie einfach zu schließen, aber wo bekommt er dann guten Nachwuchs für seine Facharbeiter und Ingenieure her? Immerhin bedarf die gesamte Anlage inzwischen mehr als 80 gut ausgebildete Ingenieure und die kann er nicht mehr alle in Europa rekrutieren.

Suzanne ist mit ihrer Erziehungsarbeit glücklicher dran. Die Schule hat inzwischen vier Klassen und für das neue Schuljahr stehen sieben europäische und 14 chinesische Schüler an. Als Lehrerin ist Eurike in Han Yang geblieben, Suzanne hat sie zur Direktorin ernannt und egal, ob sie vor den Kindern steht, über das Werksgelände läuft oder bei Besuchen in den Häusern unterwegs ist, überall wird sie hoch verehrt und schon mal als „liebe Mutter" angesprochen. Aus Hankow hat Suzanne zwei Oberstufenlehrerinnen abwerben können, die Mathematik, Biologie und Geografie unterrichten. Für die kleineren Klassen bewährt sich Lui Nan, die eine ungeahnte pädagogische Fähigkeit entwickelt. An ihre Seite hat Suzanne Xiaoju gestellt. Sie soll für ein Jahr als Lernende dabei sein und im nächsten Jahr die neue Klasse übernehmen.

Gouverneur Tchang Chi Tung meldet sich zur Inspektion der Schule an. Das Krankenhaus der Mission läuft zu seiner Zufriedenheit, die Franziskanerinnen sind durch weitere acht Schwestern verstärkt worden. Auch die Typhusepidemie ist gestoppt worden, weil die Schwestern den Mut hatten, in die verseuchten Dörfer zu gehen, Kranke zu behandeln und eine umfassende Aufklärungsarbeit in Hygiene und Vorbeugung zu betreiben. Das Krankenhaus ist schon zwei Mal erweitert worden und Pater Orlando hat erreicht, dass auch die versprochene Kirche errichtet wurde. Täglich können sie jetzt die Messe in einem sakralen Raum feiern, das Stundengebet verrichten, in stiller Anbetung und Betrachtung neue Kraft schöpfen, den Rosenkranz für all ihre Schützlinge beten. Für die Kranken und vor allem für die sie besuchenden Verwandten gibt es Andachten und Missions-Gottesdienste. Eine kleine Gemeinde hat sich gegründet und elf Personen wurden getauft, auch Deborah und Markus gehören zu dieser Gemeinde, die ja schon als Getaufte hier ankamen.

Dass die Kranken durch ihre Familien mit Essen versorgt werden, hat man abgeschafft. Zu unvernünftig sind die Chinesen, die meinen, ihre Kranken brauchen viel und vor allem fettes Essen. Außerdem werden mit unsauberem Essen auch schnell Krankheiten in das Haus eingeschleust. Eine zentrale Küche versorgt jetzt die Kranken, die Schule und die Angestellten. Die europäischen Ingenieure haben ihre eigene Küche, soweit sie nicht von den Familien versorgt werden.

Der Gouverneur ist sehr zufrieden mit der Leistung des Krankenhauses. Er hat zwei chinesische Ärzte dazukommen lassen, die nun die Praxis der westlichen Medizin erlernen sollen. Nach der Krankenpflege wollte er sich der Bildung widmen, aber die politische Entwicklung im Land macht ihn rasend.

Heute kommt er nicht mit großen Zeremonien, sondern lässt sich in seinem Mercedes vorfahren und kommt gleich zur Sache: „Es gibt Krieg! Revolution nennen sie das, aber es ist Krieg. Krieg gegen den Kaiser, gegen die Macht, die seit Jahrtausenden unser Land regiert hat. Von Nation faseln sie und haben doch keine Ahnung von der Gesetzmäßigkeit des Himmels."

Jetzt geht er direkt auf Eugen Ruppert zu und tut so, als wolle er ihm an den Kragen, was natürlich total unter seiner Würde wäre.

„Ihr Ausländer habt unsere studentische Jugend verdreht und jetzt wollen sie mit Gewalt alles zerstören, was uns seit Tausenden von Jahren heilig ist. Dafür haben wir euch nicht ins Land gelassen, dass ihr unsere Ehre nun endgültig ruiniert. Seit den ungleichen Verträgen von Nanjing beutet ihr unser Land aus, ignoriert unsere Geschichte und verachtet unsere Religion. Eure Hilfe erweist sich als Sabotage. Die drei Flakschiffe, die wir von Deutschland gekauft haben, sind erst lange verzögert worden und waren dann so kompliziert, dass wir damit unser Land nicht verteidigen konnten. In der Bucht von Tianting sind sie von den Japanern ohne große Mühe versenkt wurden, eine erneute Demütigung unseres ganzen Volkes. Das war doch eure Absicht. Erst beutet ihr uns aus und dann vernichtet ihr uns." Der Gouverneur, der sonst immer bedächtig spricht und seine Würde zu betonen weiß, hat sich so in Rage gesprochen, dass er nach Luft japst wie ein gehetzter Hund.

„Hochverehrter Tchang Chi Tung", beginnt jetzt Ruppert, der sich zu einer ruhigen Erwiderung richtig zwingen muss, „wir sind nicht gekommen, um Ihr stolzes Volk auszubeuten oder zu demütigen. Wir bringen moderne Technologie, Fortschritt und Wissenschaft in Ihr Land. Wenn wir dafür etwas verlangen, dann ist das recht und gut, das ist Wirtschaft, gegenseitiges Geben und Nehmen. Was wir aber auch bringen, ist ein gewisser Wohlstand. Kein Angestellter und kein Arbeiter in einer eurer Fabriken verdient so viel wie die Stahlwerker hier in unserem Hüttenwerk. Unsere Ingenieure können inzwischen mit ihren Familien hier wohnen, wir werden fast ein Teil Ihres Landes. Die erbärmlichen Baracken der chinesischen Arbeiter haben wir abgerissen, auch sie leben jetzt in Häusern, die weit über dem chinesischen Standard sind. Die Kinder gehen in unsere Schule …"

„Und was lernen sie da?", braust Tchang dazwischen.

„Fremde Religion, Kinderlieder, Liebhaben, Liebe,

Liebe. Was sie lernen müssen, sind die Lehren des Konfuzius und moderne Wissenschaft, sind die Riten des Daoismus und Weltpolitik. Nur wenn unser Land sich wieder auf die Werte der Vorfahren besinnt und zugleich die neuesten Erkenntnisse der westlichen Wissenschaft vereinnahmt, wird das Chinesische Reich bestehen bleiben. Nein, die alte Beamtenprüfung brauchen wir nicht mehr, aber ohne die Besinnung auf unsere Werte und Tradition hat unser Volk keine Zukunft unter den Völkern ohne Tradition, den Barbaren. Es sind die chinesischen Auslandsstudenten, die jetzt von Japan, von den USA und Europa aus mit allen verderblichen Gedanken kommen und das Land reformieren wollen. Sie werden es ruinieren, zugrunde richten. Reformen wollen sie, es sind Revolutionen, die sie anzetteln, Krieg gegen China! Allen voran dieser Sun Yat Sen aus Kanton."

Die angetretenen Europäer, die Dozenten der Akademie, die zwei anwesenden Ärzte und die chinesischen Ingenieure merken, dass dem Mandarin die politische Lage echt Angst bereitet. Es ist sicher auch die Sorge um die eigene Macht. Mit seinem Marsch gegen Beijing und den Sturz des Kaisers wird es wohl nichts werden. Die Entwicklung im Land ist so feindlich geworden, dass auch er um seine Macht und die Existenz der vorgegebenen Herrschaftsstruktur fürchten muss.

Dr. Wei Song bricht das Schweigen: „Dr. Sun Yat Sen ist ein hochgebildeter Mensch, ein Chinese der neuen Zeit. Er wird es sein, der unser Land aus der Stagnation herausführen wird." Dass dem Gouverneur öffentlich widersprochen wird, ist schon ein Zeichen, dass die Autoritäten der alten Zeit nicht mehr uneingeschränkt gefürchtet und geehrt werden. Mandarin Tchang, der durchaus weiß, dass die Akademie nicht der Ort der

Staatstreue ist, läuft rot an im Gesicht und schleudert Dr. Wei entgegen: „Alles ausländische Zerstörung unserer Jahrtausende alten Ordnung. Die Barbaren mögen gut in Technik und Wirtschaft sein, aber unser Volk hat die Tradition der Weisheit und der Harmonie. Was Sie hier betreiben, ist der Angriff auf die Harmonie, ist Krieg gegen die Wurzeln unseres ehrbaren Volkes. Ich erkläre hiermit die Akademie für geschlossen, beendet, aufgelöst."

Eugen Ruppert weiß, dass er jetzt nicht protestieren darf, das würde die Situation zur Katastrophe werden lassen. Abwarten, denkt sich Ruppert, Dampf verziehen lassen, in Ruhe mit dem Mandarin noch einmal sprechen, ihn mit Geschenken besuchen und einen Kompromiss aushandeln.

Eigentlich wollte der Gouverneur die Schule besuchen und inspizieren, aber er hatte es vielleicht tatsächlich auf die Akademie abgesehen. „Schade", sagt Suzanne, „ich hätte ihm so gern unsere schicken Räume und die glücklichen Kinder vorgestellt."

Von Kanton haben sich die revolutionären Aufstände nach Hankow verlagert. Dr. Sun Yat Sen selbst ist in Amerika, aber die „Gesellschaft zur Wiederbelebung Chinas", der „Schwurbund", schlägt zu und will die mandschurische Fremdherrschaft über China endlich abschütteln. China soll als eigenständiger Staat auferstehen, die Formen aus einer Mischung von westlicher Demokratie und asiatischer Monarchie sind noch im Entstehen, eigentlich weiß keiner, wie es nach der Revolution weitergehen soll. In der Provinz Sichuan gibt es einen größeren Aufstand gegen die Eisenbahngesellschaft. Aber weil das so total gegen die nötige Modernisierung des Landes geht, schickt Gouverneur Tschang seine Truppen zur Unterstützung der kaiserlichen Armeen in die aufständische Provinz. Eine kleinere Einheit bleibt in den Kasernen der Provinzhauptstadt.

Pater Orlando ist mit Suzanne unterwegs in Hankow. Er will die Kerzenzieherei besuchen, die ihm die schönen schlanken Altarkerzen für die Kirche anfertigt. Suzanne sucht buntes Papier und Klebstoff für ihre Schule. In der Stadt spüren sie eine ängstliche Atmosphäre. Die Menschen auf der Straße reden nur kurz miteinander, Rikschakulis rennen schneller als sonst und die Teehäuser sind fast leer. Die Nachricht von vielen Aufständen im Lande, von Verhaftungen und brutalen Hinrichtungen, von Verrat und Hass auf den Mandschuren-Kaiser machen die Runde. Als Orlando durch das breite neue Tor des Stadtteils der Manufakturen und Fabriken geht, gibt es eine Explosion. Gleich darauf noch zwei. Die Rauchwolken steigen aus der Kerzenmanufaktur auf. Obwohl nicht klar ist, ob es weitere Detonationen geben wird, geht Orlando Richtung Kerzenfabrik, irgendwie drängt es ihn dahin, wo ihm jetzt verletzte, rußgeschwärzte Männer entgegenrennen. Unter ihnen Dr. Wei Song, der im Gesicht blutet. Der erkennt Orlando, geht auf ihn zu und schüttelt ihn an beiden Schultern. „Die Revolution hat begonnen. Jetzt wird die Mandschu-Seuche hinausgefegt. Auch ihr Ausländer müsst euch jetzt auf unsere Seite stellen, sonst habt ihr hier keine Chance mehr."
Die Explosionen in der getarnten Munitionsfabrik war ein Unfall. Eigentlich sollten mit den Bomben die Gebäude der Provinzregierung gesprengt werden. Diese Explosionen sollten für die Mitglieder der Geheimbünde in der Stadt das Zeichen zum Losschlagen sein. Doch der Aufstand war schlecht organisiert. Die Bomben gingen einen Tag zu früh und natürlich am

verkehrten Platz los. Ehe die Revolutionäre zu ihren geheimen Waffenlagern kommen, werden sie von den restlichen Soldaten des Tchang durch die Stadt gejagt. Viele werden erschossen, es trifft auch Unschuldige, die zufällig auf den Straßen sind und die in Panik ein Versteck vor den Kugeln und Schwerthieben der Soldaten suchen. Suzanne steckt in einem Schreibwarengeschäft fest. Mit zwei Chinesinnen duckt sie sich hinter einem breiten Regal und erlebt fürchterliche Minuten der Angst. Immer wieder Schüsse und Schreie auf der Einkaufsstraße, auch unmittelbar vor diesem Haus. Sie müsste jetzt ihren Mann benachrichtigen können, aber wie? Auch Orlando, den sie wegen seiner Furchtlosigkeit bewundert, ist nicht in ihrer Nähe.

Der hat inzwischen die „Kerzenfabrik" erreicht und sieht in dem Durcheinander der qualmenden Trümmer, dass hier eine richtige Bombenwerkstatt existiert hat. Zwei Männer liegen tot und verstümmelt am Boden, um einen anderen, der noch lebt, aber bewusstlos ist, bemüht er sich und zerrt ihn ins Freie. Da stürmt ein Trupp Soldaten, angeführt vom Gouverneur Tschang Chi Tung, in die Fabrik. Einer legt sein Gewehr an und zielt auf Orlando, doch Tschang drückt ihm die Waffe zu Boden und sagt: „Warte, der kann uns vorher sicher noch einiges erzählen. Nehmt ihn gefangen." Mit groben Stricken werden dem Pater die Hände auf dem Rücken gefesselt. Er muss sich knien und dann wird der Strick um die Fußknöchel geschlungen und festgezurrt. Es schmerzt entsetzlich und nur dass er sich auf die Seite fallen lässt, macht die Lage etwas erträglicher. Einer der Soldaten bleibt bei ihm, lädt sein Gewehr immer wieder durch, zielt auf Orlando, drückt ab – aber er hat keine Munition mehr. Diese ständige Scheinexekution macht dem Priester klar, in welcher Gefahr er ist.

Natürlich betet er und bitte alle Heiligen, dass die Soldaten Vernunft annehmen mögen, aber ihm ist auch klar, dass er seinen Einsatz für die Menschen hier vielleicht mit dem Leben bezahlen muss. „Ich, ein Märtyrer?" Eine merkwürdige Vorstellung, doch ihn tröstet, dass er dann im Orden einen besonderen Ehrenplatz bekommen wird. Im Himmel auch? Sicher, die barmherzige Mutter Gottes wird für ihn einstehen.

Tschang ist überrascht von der getarnten Bombenfabrik und zugleich auch ärgerlich, dass seine Spitzel das nicht vorher entdeckt haben. In einem nicht verwüsteten Hinterzimmer finden die Leute von Tschang eine interessante Liste mit den Namen der Mitglieder des „Schwurbundes". Wie eine Trophäe hält er sie in der linken Hand, in der Rechten den schussbereiten Revolver. So baut er sich auch vor Orlando auf und überprüft die Liste. „Glück gehabt, mein Lieber Sie stehen da nicht drauf. Trotzdem abführen. Löst ihm die Füße, aber lasst ihn nicht aus den Augen. Du da", sagt er zu einem für einen Chinesen ungewöhnlich breiten Soldaten, „binde dir sein Seil um den Bauch und bring ihn in die Kaserne."

Auf der Liste steht auch Dr. Wei Song und Tschang verzieht sein Gesicht zu einem hämischen Grinsen. Das hatte er geahnt, auch etliche von den Studenten der Akademie findet er dort, obwohl er die meisten nicht mit Namen kennt. In der ganzen Stadt sind die Leute des Gouverneurs unterwegs und machen Jagd auf die Mitglieder des „Schwurbundes". Wer sich der Festnahme entziehen will, wird gleich erschossen. Dr. Wei Song ist nicht zu finden, deshalb schickt Tschang seine Leute nach Han Yang. Auch hier hat sich bereits herumgesprochen, was in Hankow passiert ist. Eugen Ruppert ist in großer Sorge um seine Frau. Um Orlando macht er sich nicht so viele Sorgen, er weiß, dass der Pater wie eine Katze immer auf den Füßen landet. Obwohl es ein Risiko ist, mit seinem Auto in die aufgewühlte Stadt zu fahren, macht er es dennoch, denn die Angst um Suzanne ist groß. Er hat Homi dabei und auch Architekt Maurice Gibero. Unterwegs, noch vor der Stadtmauer werden sie gestoppt.

„Sie sind verhaftet, wir haben Befehl, Sie zu Gouverneur Tschang Chi Tung zu bringen."

„Ausgeschlossen, ich suche meine Frau. Sie ist heute Morgen in die Stadt gefahren und noch nicht zurück. Erst müssen wir meine Frau suchen."

„Nicht möglich, in der Stadt herrscht das Kriegsrecht und wenn Sie mit dem Wagen hineinfahren, wird er konfisziert. Lassen sie ihn lieber hier stehen und kommen Sie mit uns."

„Nein, erst wenn ich meine Frau gefunden habe. Wir stehen als Ausländer unter der Herrschaft unserer Regierungen. Wenn Sie uns jetzt zwingen, dann wird das schwere diplomatische Verwicklungen geben."

„Das wird der Mandarin zu verantworten haben. Ich habe den Befehl, Sie zu ihm zu bringen und das ist das jetzt dringendste Gesetz. Aussteigen und mitkommen, alle drei!" Ruppert geht durch den Kopf, dass im Falle des Kriegsrechtes mit widerspenstigen Personen kurzer Prozess gemacht werden kann, also ist es besser, jetzt zum Gouverneur zu gehen und ihn um Mithilfe bei der Suche nach seiner Frau zu bitten.

Schwester Montancia hat die Ambulanz geschlossen und ihre Mitschwestern zum Rosenkranzgebet in die Kirche eingeladen. Sie wollen für Pater Orlando, Frau Ruppert und für die undurchsichtige Situation in der Stadt beten. Auch Deborah und Markus sind dabei. Sie haben die Angst der Erwachsenen gespürt und wissen, dass mit Gebet immer wieder alles gut wird. Lange waren sie noch nicht zusammen, als die Tür der Kirche ziemlich derb aufgestoßen wird und Dr. Wei Song nach vorn kommt. Das eingetrocknete Blut entstellt sein Gesicht, aber er wird sofort erkannt. Theodora geht zu ihm, betastet die klaffende Wunde über der linken Wange und sagt: „Das muss unbedingt genäht werden. Warten Sie drüben vor der Ambulanz, ich sage einem Assistenzarzt Bescheid." – „Nein, keine Chinesen, es darf niemand wissen, dass ich hier bin, sonst sind Sie in großen Schwierigkeiten. Bitte nähen Sie mich wieder zusammen und dann verschwinde ich sofort." Theodora ist total hilflos. Wäre doch jetzt Pater Orlando da, der kann solche Situationen einschätzen und weiß immer, was zu tun richtig ist. „Bitte, helfen Sie mir, der Tschang ist mir schon auf den Fersen." Theodora flüstert Lina zu, sie möge mit ihr kommen, den anderen teilt sie das erneute Gebetsanliegen mit.

Dr. Wei Song ist sehr tapfer. Die Schwestern können ihm keine Betäubungsspritze geben, da die Ärzte die Ampullen weggeschlossen haben. So nähen sie bei vollem Bewusstsein des Patienten und müssen dazu auch Wundränder beschneiden, was echt schmerzhaft ist. Kaum sind sie fertig, springt Dr. Wei auf, torkelt aber und stürzt hin. „Sie müssen sich jetzt unbedingt erst eine halbe Stunde ausruhen, so können Sie das Hospital nicht verlassen. Ich bringe Ihnen einen Tee, der wird Sie stärken." Als Schwester Lina mit dem Tee zurückkommt, ist der frisch operierte Patient verschwunden. „Ich konnte ihn nicht halten", sagt Theodora verzweifelt. „Er war so getrieben, als wäre der Tod hinter ihm her."

Das ist wohl nicht falsch verstanden, denn am kommenden Tag werden die Mitglieder der Geheimbünde, die man finden kann, öffentlich erschossen. Nach Dr. Wei Song wird fieberhaft gesucht. 40 Soldaten und Sicherheitspolizisten durchkämmen das Krankenhaus, die Wohnungen und sogar das Bürogebäude der „Iron & Steel Works". Lediglich an die Hochöfen und die chinesischen Arbeiter trauen sie sich nicht heran. Natürlich sagt niemand etwas von dem kurzen Besuch und der Operation an dem Gesuchten. Der Offizier von Tschang, der die Untersuchung leitet, lässt alle Bediensteten, Hilfskräfte und Lehrer antreten. Er befragt sie über Machenschaften der „Revolutionäre und Feinde des chinesischen Volkes". Als alle schweigen, geht er auf Deborah zu und fragt sie: „Wann hast du Dr. Wei Song das letzte Mal gesehen?" – „Gestern in der Kirche, er kam ganz verwundet herein." Schwester Theodora gefriert das Blut in den Adern. Klar, sie hatten die Kinder gelehrt, dass man nicht lügen darf, aber was weiß so ein Mädchen, was ihre Aussage für Folgen haben kann? „Ach schau mal an, er war also doch hier. Hat ihn etwa jemand verbunden?" Jetzt weiß Theodora, dass ihre Antwort das Kind aus der Schusslinie nehmen muss: „Ja, ich habe ihn genäht und verbunden. Das ist unsere Pflicht als barmherzige Schwestern. Wir helfen jedem, der in Not ist." „Und wo ist er jetzt?" Die logische und drohende Frage war zu erwarten. „Wir wissen es nicht. Ich habe ihm eine Medizin bringen wollen, da war er verschwunden." Deborah merkt man es an, wie wichtig sie sich jetzt fühlt: „Ich habe ihn zum Kanal gehen sehen, aber mehr weiß ich nicht."

„Auf zum Kanal!", brüllt der Offizier. „Und merkt euch eins: Euer Direktor und seine Frau werden erst wieder freikommen, wenn wir diesen Dr. Wei haben. Tod für Tod und Leben für Leben!" Während der Großteil der Soldaten zum Kanal rennt, geht der Offizier mit einigen Uniformierten rüber zur geschlossenen Akademie. Nach wenigen Minuten steigt Rauch auf und Flammen schlagen aus den Fenstern. Die Akademie brennt in kürzester Zeit nieder. Den Ausländern ist klar, das war Tschangs Befehl.

Der Provinzgeneral hat seine kostbaren Mandarin-Kleider mit einer Uniform vertauscht und Eugen Ruppert muss trotzt der misslichen Lage, in der er sich befindet, lächeln. Wie kann sich ein Mensch durch Kleidung in seinem Wesen so ändern? Alle Würde ist einer militärischen Strenge gewichen. Suzanne, die man ebenfalls gefesselt hierhergebracht hat, sieht blass und verängstigt aus. Pater Orlando ist in sich gekehrt und zeigt keine Reaktionen. Vielleicht betet er und ist damit der Angst entkommen. „Es ist dieser verfluchte Sun Yat Sen, der die Jugend des Landes verführt hat. Er wird mir noch zuvorkommen und den Himmelsthron von den Mandschuren, der verfluchten Qing-Dynastie, befreien. Aber was wird dann aufgebaut? China vielleicht als eine Republik ohne Würde, ohne Geschichte, ohne zentrale Macht? Wenn diese revolutionären Ideen erst unser ganzes Volk vergiften, wird es mit China zu Ende sein." Ruppert will jetzt nicht mit ihm streiten oder die Notwendigkeit von Reformen in China thematisieren, er will möglichst schnell mit seiner Frau und Orlando die Garnison verlassen, um bei seiner Fabrik zu sein, doch die Nacht müssen sie im Gewahrsam von Tschang bleiben. Er hat mit ihnen noch etwas vor.

In der Zwischenzeit haben sich die verbliebenen Mitglieder der Geheimbünde organisiert. Eine Gruppe Sicherheitspolizisten, die auf Verhaftungstour unterwegs ist, wird gezwungen, sich den Aufständischen anzuschließen, und da Dr. Wei Song durch seine Verletzung sehr geschwächt ist, wird der sehr erfahrene und fähige

Offizier Yüan Shi-kai überredet, das Kommando über die Revolution zu übernehmen. Unter seiner Leitung wird zuerst das Munitionsdepot besetzt und dann der Gouverneurssitz umzingelt. Tschang hat den größten Teil seiner Armee in die Provinz Sichuan „ausgeborgt" und die wenigen Soldaten sind entweder in der Stadt unterwegs, weitere Rädelsführer zu verhaften, oder sie sind bereits zu den Aufständischen übergelaufen. Als Yüan Shi-kai mit einer Gruppe Aufständischer die breite Treppe zum Arbeitszimmer des Gouverneurs hochkommt, treten ihm vier Wachen entgegen, die ohne Warnung sofort erschossen werden. Jetzt ist auch Tschang klar, welche Stunde geschlagen hat – es könnte seine letzte sein. Geistesgegenwärtig stellt er sich hinter die drei Europäer und hält seinen Revolver an den Kopf von Suzanne. „Du, Yüan Shi-kai? Was hat das zu bedeuten? Das ist das Ende von China – Verrat bis in die treuesten Reihen." Tschang ist die tiefe Enttäuschung deutlich anzumerken. Jetzt glaubt er auch nicht mehr an einen Umschwung zu seinen Gunsten. „Ich fordere freies Geleit bis an die Grenze der Provinz Hubei. Meine Geiseln hier werden mich begleiten, bis ich in Sicherheit bin." Dann wechselt er seine Position und hält jetzt Eugen die Pistole an die Schläfe. Der überlegt, ob ein ruckartiger Befreiungsschlag eine Lösung wäre, aber jeder Schuss ist jetzt ein Schuss zu viel. „Bringt mich mit meinem Lkw in Richtung Sichuan. Nach der Grenze lasst ihr mich frei und der Lkw kann mit den Geiseln zurückfahren."

Im Geheimen hofft er, auf seine ausgeliehene Einheit zu treffen, um dann mit ihr zurückzukommen und Hankow von den Rebellen zu befreien. Yüan Shi-kai lässt sich auf den Vorschlag ein, denn durch eine wilde Schießerei hier im Büro das Leben der Luxemburger

aufs Spiel zu setzen, ist ihm zu gefährlich. Die diploma-
tischen Konsequenzen wären unberechenbar. Der Tod
des deutschen Gesandten Kettler 1900 hat zehntau-
send Chinesen das Leben gekostet, als die Deutschen
hier eintrafen und Rache nahmen.

Fünf Soldaten der republikanischen Armee – die aus
dem „Schwurbund" entstanden ist – hocken sich zu
den Geiseln auf die Ladefläche des Lkw. Man bringt
sogar noch drei Decken für Ruppert, seine Frau und …
Ja, da fehlt doch noch einer! Orlando. Der hat sich im
Getümmel einfach davongemacht, weil ihn keiner so
richtig beachtete. Zwar hatte er auf den ersten Metern
immer die Angst, dass ihn von hinten ein Schuss zur
Strecke bringt, aber als er in der Straße der Gewürz-
händler angekommen ist, weiß er, dass seine Flucht ge-
glückt ist.

Auf dem Lkw macht man keine Anstalten, jetzt zu
warten und den Priester wieder einzufangen. Man will
los und die unbequeme Fracht endlich loswerden. Die
Aufständischen sind sich ihrer Sache ja auch nicht so
sicher. Es könnten sich Sympathisanten für den Mandarin zusammentun und die Kämpfe könnten verlust-
reich werden. Der Fahrer von Tschang bekommt den
Befehl, den Motor zu starten und dann geht die Fahrt
Richtung Xiangfan gen Osten aus Hankow hinaus. Die
Straßen über Land sind in schlechtem Zustand. Zum
Glück hat es länger nicht geregnet, sodass die Spuren
trocken sind. Geht es bergan, sind die Furchen zum Teil
so ausgewaschen, dass der Fahrer in den ersten Gang
herunterschalten muss und sich der Lkw mühsam nach
oben quält. Wenn das hier alles Schlamm ist, kommt
man nur noch mit dem Ochsenkarren durch. Auf der
Ladefläche leiden alle unter dem Geschaukel und Ge-
holper. Eugen hat seine Frau auf seine Beine gesetzt

und drückt sie an sich. So hat wenigstens sie eine gewisse „Federung", die ihr Erleichterung verschafft. Auf einer ebenen Strecke, sie haben Xiangfan noch lange nicht erreicht, streikt der Wagen plötzlich. Er tuckert noch etliche Male, macht ruckartige Fahrbewegungen und steht bockig in der Abendsonne. Der Fahrer getraut sich nicht auszusteigen und ruft nach hinten: „Der Sprit ist alle, es geht nicht weiter."

Hier ist es unmöglich, an neuen Treibstoff zu kommen. Man muss Hilfe holen, irgendjemand, der aus der nächsten Stadt Sprit beschafft. Die andere Möglichkeit, den Lkw durch Ochsen abzuschleppen, aber wie weit, kann man hier in der Ebene nicht erahnen. Es wird Tage dauern, bis hier mal ein anderer Lkw durchkommt. So beraten sich die Soldaten miteinander und fragen Eugen Ruppert, ob er einverstanden ist, dass man Tschang jetzt einfach laufen lässt und sie versuchen, irgendwie nach Hankow zurückzukommen. „Die humanste Variante von allen, meinetwegen. Aber wir einigen uns, dass wir ihn bis an die Provinzgrenze gebracht haben." „Natürlich, wir wollen doch nicht unseren Kopf verlieren." So helfen sie Tschang von der Ladepritsche herunter und lassen ihn einfach die Straße weiter gen Osten laufen.

Die befreiten Geiseln fühlen sich zwar nicht so frei, aber der Druck der Lebensgefahr ist erst einmal gewichen. Es wird eine sehr ungemütliche Nacht auf dem Lkw werden. Es ist unbequem, hart auf dem Boden und kalt. Die Soldaten haben zwei Enten geschossen und die brutzeln jetzt über einem wärmenden Feuer am Straßenrand. Am nächsten Tag wollen sie zu Fuß zurück nach Hankow. Eugen schätzt, dass das sicher drei Tagesmärsche werden. Der Fahrer bleibt beim Lkw und die Soldaten versprechen, Hilfe zu schicken.

In Han Yang hat man sich große Sorgen gemacht, bis Pater Orlando auftaucht. Entspannt, mit seinem wippenden Schritt, kommt er auf das Gelände der luxemburgischen Niederlassung. Aus dem Bürogebäude, aus Krankenhaus und Küche kommen sie gelaufen und bestürmen ihn mit Fragen. Clara sieht ihn mit feuchten Augen an: „Du siehst aus, als wärest du durch das Fegefeuer gegangen."

„Na, das stelle ich mir noch etwas heißer vor, aber unser Gott hat mich bewahrt und er wird auch Direktor Ruppert und seine Frau sicher wieder nach Hause führen." Und dann erzählt er in allen Einzelheiten, was sich in der Stadt und vor allem, was sich mit ihm zugetragen hat.

Auch wenn die Revolution in Hankow ziemlich unprofessionell und holprig über die Bühne geht, so hat sich der Funke doch über das ganze Land ausgebreitet. Mitglieder des „Schwurbundes" gibt es in vielen Provinzen und die blasen nun überall zur Revolution. Auch die Arbeiter des Hüttenwerkes haben sich beteiligt, sind in die Stadt gezogen – und wollen eigentlich nichts weiter, als dabei sein, wenn etwas Neues in China entsteht. Francois Cox, der Stellvertreter von Ruppert, hat alle Mühe, die Produktion aufrechtzuerhalten. Er droht allen Chinesen, die ihren Arbeitsplatz verlassen, mit der Kündigung und dieses Risiko will dann doch niemand eingehen. Außerdem braucht das neue Land jetzt Stahl und Eisen, Fortschritt und Technik. Doch der Freiheitsdrang der Revolution erfasst immer mehr Arbeiter und der mit guter Bezahlung niedergehaltene Hass auf Ausländer gewinnt wieder die Oberhand. Es rächt sich jetzt, dass in Han Yang die Europäer so viel besser bezahlt und behandelt wurden als Chinesen.

Das entwickelt sich nun zum Öl in das Feuer der Aufständischen.

Als das Ehepaar Ruppert mit wunden Füßen Hankow wieder erreichen, brennt die Stadt. Die wilde Wut der Revolutionäre hat Geschäfte und Lager in Brand gesteckt. In ihrer Verblendung vernichten sie das, was sie in der nächsten Gegenwart am dringendsten brauchen. Das normale Leben ist zusammengebrochen. Eins ist neu und grausam: Überall liegen Tote. Soldaten in zerlumpter Kleidung, einfache Kulis, Frauen und Kinder, schrecklich zugerichtete Kinder. Die Rebellen des „Schwurbundes" haben sich grausam an allen gerächt, die auch nur so aussahen, als wären sie Mandschuren.

Nur mit Mühe finden sie eine Rikscha, deren Fahrer nur für einen hohen Lohn bereit ist, die Strecke bis nach Han Yang zu fahren. Als sich das Gefährt dem Stahlwerk nähert, sehen sie mit großer Erleichterung, dass die Schornsteine rauchen und die Fabrik scheinbar in gewohnter Weise arbeitet. In Sorge war Eugen, als er seinen Wagen nicht mehr dort fand, wo sie ihn vor fünf Tagen haben stehen lassen. Aber er entdeckt ihn, als sie vor dem Büro ankommen. Der gute Homi – oder wer auch immer – hatte ihn gerettet. Während Suzanne nur noch den Wunsch nach einer Dusche hat und dann schlafen will, nichts als schlafen, ruft Eugen seine Leitung zusammen und man bespricht die schwierig gewordene politische Lage. Bis auf die drei Nordprovinzen hat sich fast ganz China von der Zentralregierung in Beijing losgesagt und eigene Vertretungen gewählt. In Nanjing soll Sun Yat Sen von den Aufständischen und von den Delegierten der abgefallenen Provinzen zum Präsidenten der Republik China gewählt werden. Nach zehn Jahren China war Ruppert klar, dass es nicht gut gehen kann, wenn ein zweitausendjähriges Reich eine solche grundlegende Veränderung ungeplant und unorganisiert erlebt. Er ist von den Revolutionären nicht überzeugt und weiß, dass sein Lebenswerk in diesem Land extrem gefährdet ist. Ruppert muss unbedingt mit Dr. Wei Song sprechen. Wenn einer die Revolutionäre zur Vernunft bringen kann, dann er.

Am Kai von Han Yang macht ein belgisches Kriegsschiff fest. Die Erz- und Kohlekulis stellen ihre Arbeit ein, ducken sich hinter Schuppen und Aufbauten, sie wissen, dass dieser Besuch nichts Gutes verheißt. Eine uniformierte, bewaffnete Abordnung verlässt das Schiff und steuert auf das Verwaltungsgebäude des „Iron & Steel Works" zu. Die Botschaft ist kurz und eindeutig: „Alle Europäer haben sich unverzüglich in die ausländischen Gesandtschaftsviertel zurückzuziehen. Frauen und Kinder kommen mit auf das Schiff, sie werden nach Shanghai in Sicherheit gebracht, die Männer haben sich unverzüglich in das Belgische Konsulat von Hankow zu begeben. Morgen früh um neun Uhr legt das Schiff ab, da haben alle Frauen und Kinder an Bord zu sein."
Es wird ein schmerzvoller Abschied. Die Familien der Ingenieure hatten sich in den neuen Wohnungen häuslich eingerichtet, Gärten angelegt, Freundschaften geschlossen. Kinder hatten Haustiere bekommen, die man nun in die ungewisse Freiheit entlassen muss. Lieb gewordenes Spielzeug, Schulhefte und schöne Kleider, alles bleibt zurück. Eltern und chinesische Freunde sprechen davon, dass es ja nur für eine kurze Zeit der Unsicherheit sein wird, doch alle wissen von der Endgültigkeit, die sich niemand eingestehen will. Nichts ist so bitter wie das Eingeständnis, dass die Ideale nur Illusionen gewesen sind. Suzanne erwägt, bei Eugen zu

bleiben, doch er möchte seiner Frau nicht noch einmal eine solche Ungewissheit wie letzte Woche zumuten.

Wie fast alle haben sie die letzte Nacht in Han Yang kaum geschlafen. Koffer mit den wichtigsten Dingen einpacken, wieder auspacken, neu zusammenstellen, Liebes zurücklassen. Am Morgen geht Eugen in den von Suzanne angelegten Garten und schneidet eine der schönsten Rosen ab. „Nimm sie mit als Erinnerung an eine wunderbare, blühende Zeit, die wir hier hatten. Ich wünsche uns, dass wir, ehe sie verblüht ist, hier wieder unser Leben gemeinsam weiterführen können."

Die belgischen Franziskanerinnen haben die Nacht in der Kirche verbracht. Pater Orlando kümmert sich wie ein Vater um die verängstigten Nonnen. Er versucht nach Shanghai in die Missionszentrale zu telegrafieren, aber es kommt keine Verbindung zustande. „Wir gehen nur weg, wenn uns die Missionsleitung abberuft. Wer glaubt, flieht nicht!" Sie machen auch keine Anstalten, irgendetwas zusammenzupacken, sondern eröffnen am Morgen wieder die Ambulanz. Die ersten Patienten sind bereits seit Stunden da, auch wieder einige aus Hankow mit Brand- und sogar Schussverletzungen. Schwester Clementina kommt übermüdet aus dem Nachtdienst des Krankenhauses: „Die Kleine mit dem Bauchschuss ist nun doch gestorben. Betet für sie, ich kann nicht mehr."

Orlando überkommt ein ungutes Gefühl, als er das Schiff ohne die Ordensfrauen abfahren sieht. Hat er jetzt seine Fürsorgepflicht für die ihm anvertrauten Schwestern leichtfertig aufs Spiel gesetzt? Er selbst fürchtet sich vor nichts, aber darf er das auf die ihm Anbefohlenen übertragen? Welche Zukunft werden sie hier haben, wenn die internationalen Armeen sie nicht mehr schützen können?

Ruppert hat keine Kraft, sich auch noch um die Ordens-
leute zu kümmern. Die 24 luxemburgischen und belgischen Ingenieure, Vorarbeiter und Ärzte machen ihre
Arbeit weiter. Keiner sieht die Notwendigkeit, sich jetzt
schon ins Konsulat zu begeben. Auch Ruppert dringt
darauf, dass die Produktion ungestört weiterlaufen soll.
Als das Schiff den Kanal verlässt, dem Jangtse und damit Shanghai zusteuert, versucht er nach Hankow zu
kommen, um Dr. Wei Song zu finden. Das Chaos in
der Stadt wird immer größer. Von verängstigt herum-
laufenden Chinesen erfährt er, dass die Einheiten von
Tschang aus Sichuan zurück sind und versuchen, die
Aufständischen aus der Stadt zu vertreiben. Es fallen
viele Soldaten, und auch Zivilisten werden wieder Opfer der Straßenkämpfe. Bald kommen ihm auch Bewaffnete entgegen. Es sind republikanische Revolutionäre,
die vor den regierungstreuen Soldaten fliehen. Ruppert
denkt: Warum ausgerechnet in unsere Richtung? Wenn
die Wut der Unterlegenen sich bei uns entlädt, dann hat
Han Yang keine Chance. Immer wieder fragt er entge-
genkommende Aufständische, ob sie ihm sagen können,
wo Dr. Wei Song zu finden ist. Bis ihm einer sagt: „Wenn
du hier wartest, wird er sicher auch bald kommen. Die
Hunde vertreiben uns aus der Stadt." Eugen Ruppert
ist hin- und hergerissen. Warten oder nach Han Yang
zurückeilen, damit dort nicht Schlimmeres passiert? Die
Entscheidung wird ihm im nächsten Augenblick abgenommen, als er sieht, dass ein großer Pulk bewaffneter
Männer auf ihn zukommt. Es sind auch einige Pferde
dabei und einer der Reiter ist eindeutig als Dr. Wei zu
erkennen. Er trägt immer noch einen Gesichtsverband.
Ruppert stellt sich ihm in den Weg.
„Dr. Wei, die Zeit ist da, wir müssen reden!" Der
bremst sein Pferd: „Ach, der verehrte Direktor persön-

lich kommt mir entgegen? Wir haben nichts mehr zu besprechen, als nur noch Adieu zu sagen." – „Nein, das kann noch nicht das Ende sein. Dr. Wei, halten Sie Ihre Männer zurück, dass sie sich nicht am Stahlwerk vergreifen. Es ist in Ihrem eigenen Interesse, dass die Produktion weitergeht. Was hilft alle Revolution, wenn es kein Eisen, keine Waffen, keinen Fortschritt gibt?" – „Das werden wir morgen nutzen. Heute brauchen meine Männer einen Erfolg. Sie sind gedemütigt worden, Tschang hat uns hinters Licht geführt. Ich hätte ihn köpfen müssen! Solche Fehler macht man kein zweites Mal, das verspreche ich Ihnen. Han Yang wird bald in unseren Händen sein. Ihre Zeit ist vorbei, Direktor Ruppert, vorbei!"

Vor seinem inneren Auge sieht Ruppert Han Yang im Feuer vergehen. Fabriken, Lagerhallen, Kaianlagen, die modernen Wohnsiedlungen und das Haupthaus, sein eigenes mit allen gesammelten Schätzen aus China und den Büros. Geistesgegenwärtig ruft er Dr. Wei nach: „Machen Sie mein Haus zu Ihrem Hauptquartier. Ich überlasse es Ihnen." Dieser Geistesblitz wird seine wertvolle Sammlung aus Porzellan, alten Waffen, Rollbildern und Kunstgegenständen retten.

Nie hat sich Eugen Ruppert ausdenken können, was blinde Wut von gedemütigten Verlierern anrichten kann. Alle Gebäude werden gestürmt. Der Fabrik können sie mit ihren leichten Waffen nichts anhaben, aber die Arbeiter fliehen oder schließen sich den Zerstörern an und die Hochöfen erlöschen. Zwei Wohnsiedlungen gehen in Flammen auf, alles andere wird geplündert. Nur die Kirche bleibt unbeschädigt. Vor der versammelten Schwesternschaft, die sich im Gebet kniend um den Altar versammeln, haben sie dann doch Respekt. Als die Rebellen beginnen, das Krankenhaus zu stürmen, stellt sich ihnen Schwester Clara in den Weg. Wie ein Cherub vor dem Paradies hält sie eine Spritze in der Hand, als wolle sie damit die Angreifer abwehren. Tatsächlich, die spitze Nadel macht Eindruck und die Rebellen stehen unschlüssig da. Schließlich stellt sich einer vor, zückt seinen Säbel und ruft: „Na, wollen wir kämpfen, mal sehen, wer gewinnt." Instinktiv drückt Clara die Spritze los und trifft den Angreifer direkt in die Augen. Kurioserweise muss sie trotz ihrer weichen Knie an David und Goliath denken. Mit einem Aufschrei wischt der Herausforderer sich die brennende Flüssigkeit aus dem Gesicht und die anderen Rebellen lachen hämisch los. Da drängt sich Dr. Wei Song vor und hält die Rebellen zurück. „Lasst die Schwestern und das Krankenhaus in Ruhe. Sie haben mich beschützt und versorgt, jetzt stehen sie unter meinem Schutz. Auf zum Kai, macht die Anlagen dort nieder. Dort wird kein chinesisches Erz mehr für die Feinde entladen!"

Eugen Ruppert sieht sein Werk zusammenbrechen. Die Hochöfen und die mit Stahlträgern erbauten Hallen der Walz- und Schmiedeverarbeitung halten den wütenden Attacken zwar stand, aber bis hier wieder Stahl produziert werden kann, das wird lange dauern. Warum begreifen die Rebellen nicht, dass hier die Zukunft ihres Landes liegt, auch wenn es vielleicht politisch und gesellschaftlich einen neuen Weg einschlägt? Man macht doch nicht die Grundlagen der Zukunft kaputt.

Er gibt dem verängstigten Koch und den verbliebenen Küchenhelfern den Auftrag, ein großes Essen für alle Rebellen vorzubereiten. Er selber kämpft sich zu Wei Song durch. Unterwegs stellt sich ein Rebell vor ihm auf und bedroht ihn mit einer altmodischen Pistole. Eugen glaubt nicht, dass sie geladen ist und haut dem

verdutzten Rebellen eine schallende Ohrfeige rein, dass der links ins Gebüsch fliegt. Unbeirrt geht Ruppert weiter und als er Dr. Wei gefunden hat, lädt er ihn und seine Leute zum Essen ein. „Ihr werdet doch durch eure anstrengende Arbeit hungrig und müde sein. Kommt in den Speisesaal, es ist für euch etwas vorbereitet." – „Wollt ihr uns vergiften?" – „Dr. Wei Song, Sie sind jetzt der Anführer der Rebellen, vielleicht werden Sie sogar der Anführer des neuen China. Bitte, lassen Sie uns doch wie faire Konkurrenten miteinander umgehen. Sie müssen lernen, staatsbürgerlich und nicht nur rebellisch oder revolutionär zu denken und zu handeln. Also kommen Sie, unsere Küche wird bald so weit sein."
Im Speisesaal von „Iron & Steel" drängen sich etwa 200 wilde Kerle, übergelaufene Soldaten des Tschang, revolutionäre Arbeiter und Studenten mit politischen Hoffnungen. An der Vorderfront hat Ruppert einen Extratisch aufgestellt, an dem er mit Dr. Wei Song Platz nimmt. Zu trinken gibt es Wasser, alkoholische Getränke wagt sich Ruppert nicht aufzutischen, das könnte zu unkontrollierten Handlungen führen. Noch wird das Essen nicht ausgeteilt und Eugen Ruppert hält eine kurze Rede, die von den Männern auch angehört wird, weil sie von der Einladung und von dem Vorgehen des Besitzers der Stahlhütte irgendwie überrascht sind.
„Hallo, ihr Männer, Rebellen, Soldaten, Studenten und Arbeiter. Es ist sicher ungewöhnlich, dass ich euch zum Essen einlade, nachdem ihr die Hälfte meiner Anlage zerstört habt. Ich verstehe eure Wut gegen den Qing-Kaiser und seine Mandarine, gegen Ausländer und alle, die euch gedemütigt und ausgebeutet haben. Einige denken, dass der Fortschritt der Technik gegen die ehrwürdige Tradition des chinesischen Volkes sei. Aber ihr seid dabei, die Zukunft des neuen China zu zerstören. Die

Zukunft ist Technik, ist Stahl, sind moderne Maschinen, welche den Menschen die schmutzige und gefährliche Arbeit abnehmen können. Wenn ihr Waffen braucht, um euch zu schützen, dann hilft ein Schwert oder ein altmodischer Vorderlader nicht mehr, es braucht moderne Waffen und die gibt es nur mit gutem Stahl und viel Technik. Wenn ihr mit der Eisenbahn von Wuhan nach Peking in zehn Stunden reisen könnt, werdet ihr den Ochsenkarren oder die jämmerliche Dschunke vergessen. Ihr braucht Brücken aus Stahl, Schiffe aus Stahl, selbst die neuen Autos sind aus Stahl. Wollt ihr das etwa nicht? Wollt ihr die Voraussetzung für guten Stahl blind zerstören? Zerschlagt das Alte, nicht die Zukunft eures Landes! Esst euch satt und dann will ich euch erklären, wie man aus stumpfen Eisenerz guten Stahl herstellt, ich führe euch durch die Maschinenhallen und ich glaube, ihr werdet begreifen, was ich meine."

Jetzt war Dr. Wei Song an der Reihe, eine Rede zu halten, ob er wollte oder nicht, aber so ist es Sitte in China. „Ihr Kämpfer für das neue China. Die Demütigungen sind zu Ende. Der Kaiser und seine mandschurischen Speichellecker haben uns gedemütigt mit unnützen Zeremonien, Beamtenprüfungen und viel zu hohen Abgaben nach Beijing. Die Japaner haben uns gedemütigt mit ihrer modernen Armee und haben einen Teil unseres Landes in Besitz genommen. Und die haarigen Barbaren aus Europa haben uns gedemütigt mit ihren verbrecherischen Handelskriegen, mit ihren Kanonenbooten und indem sie unser Land abhängig gemacht haben. Der Vertrag von Nanjing ist die größte Demütigung, die unser ganzes Volk bis in die hintersten Täler der Berge von Sichuan erschüttert hat. 450 Million Silberunzen hatten wir als Preis zu zahlen für einen Aufstand der Gerechten, die ihr Boxer nennt.

Die Zeit jeder gegen jeden in China ist vorbei, jetzt entsteht eine Nation, ein erwachtes China. Wir sehen es nicht als eine Demütigung an, uns hier an den Tisch des Industriellen zu setzen. Gastfreundschaft ist ein hohes Gut, dem schon Konfuzius viel Würde zusprach. So danken wir für die Einladung, lassen uns aber damit nicht erpressen. Die Zeit von ‚Iron & Steel' ist zu Ende. Wenn wir gesiegt haben, kehren wir hierher zurück und werden mit eigenen Kräften und mit chinesischen Ingenieuren das Werk wieder zum Laufen bringen. Wir vergreifen uns nicht am kalten Stahl der Öfen und der Hallen. Wir lassen sie schlafen, bis wir wiederkommen. Wir sehen dieses Essen als ein Abschiedsmahl für Eugen Ruppert und seine Helfer aus Europa. Ihr habt hier gut gearbeitet, zugegeben, aber wir werden es besser machen – alles für China, allein für die erwachende Nation China! Wenn wir gegessen haben, ziehen wir weiter und" – er wendet sich kerzengerade zu Eugen Ruppert hin – „ihr Europäer zieht auch ab. In drei Wochen seid ihr hier nicht mehr zu finden."

Eugen Ruppert ist wie vom Blitz getroffen. Am liebsten möchte er jetzt hinausrennen, aber da würde er sein Gesicht verlieren. Ja, verlieren – verloren, alles verloren wegen ein paar heißspornigen, unüberlegten Revoluzzern. Wenn er die Speisehalle mit Sprengstoff präpariert hätte, könnte er die gesamte Bande hier in die Luft sprengen – aber das ist natürlich ein abwegiger Gedanke. Man müsste Informationen haben, wie weit die Revolution in Beijing und im ganzen Land um sich gegriffen hat ...

Als die Leute aus der Küche endlich das Essen hereinbringen, werden natürlich Song und Ruppert zuerst bedient. Song zu seinem Tischpartner: „Oh, da hat der Koch aber nicht mit Fleisch gespart, vorzüglich, kann ich nur sagen." Ruppert wendet sich zu ihm, ohne darauf einzugehen: „Und was wird aus Orlando und den Nonnen? Die würde ich nicht aus dem Land jagen. Ihr werdet sie bei den vielen Verletzten, die so ein Krieg mit sich bringt, gut gebrauchen können." „Auch das Krankenhaus werden wir übernehmen, wenn wir gesiegt haben. Vorläufig sollen sie bleiben."

Am 28. April 1912 verlässt Eugen Ruppert Han Yang und reist mit viel Gepäck und seiner gesamten Kunst- und völkerkundlichen Sammlung über Sibirien zurück nach Europa. Die Leitung des Stahlwerkes hat er an von ihm ausgebildete chinesische Mitarbeiter übergeben. Am 1. November 1912 beginnt die Produktion wieder, aber durch politische Einmischungen, durch Machtkämpfe und schlechtes Management wird das effektivste Stahlwerk Asiens 1923 liquidiert.

Der erzwungene Weggang von Suzanne Ruppert bedeutet auch das Ende der Schule. Schwester Eurike und Nan versuchen sie zwar weiterzuführen, aber weil die Kinder der Europäer fehlen, sind die Klassen zu klein und bei den chinesischen Kindern fehlt die Begeisterung fürs Lernen. Außerdem sollen die älteren Kinder lieber Geld in der Hüttenarbeit verdienen.

Die Lage im Land wird immer undurchsichtiger. Verlässliche Informationen von der neuen Republikregierung gibt es nicht. Banden durchziehen das Land. Die einen wollen die Macht des Kaisers und der Mandarine zurück, die anderen sind von der Republik begeistert und wissen doch wenig über Demokratie, präsidiale Staatsform und Gewaltenteilung. Die Kämpfe werden mit Waffen und Hinrichtungen ausgetragen und wer den Sieg davonträgt, der hatte recht.

So kommt eine abgesprengte Horde des „Schwurbundes", die bei der Republik nicht genügend beteiligt war, in Han Yang vorbei und will die Stahlindustrie besetzen und für sich nutzbar machen. Es kommt zu Kämpfen mit rivalisierenden Republikanern, wobei sich die abtrünnigen Schwurbundleute ins Krankenhaus zurückziehen und dort Deckung suchen. Mit brutaler Gewalt werden sie bekämpft, ohne dass Rücksicht auf die Patienten oder Schwestern genommen wird. Vier Patienten und zwei Schwestern sterben. Orlando entgeht den blindlings wütenden Soldaten nur, weil er versucht, ein Feuer in der Kirche zu löschen. Das rettet ihm zwar das Leben, aber nicht die Kirche – sie brennt bis auf die Westmauer nieder.

Auch vom Krankenhaus sind am Abend nur noch rauchende Trümmer übrig. Eigentlich müsste die Schwesternschaft jetzt verkohlte Leichenreste aus den Trümmern bergen und beerdigen, aber die Gefahr ist zu groß. Noch in der Nacht flieht Orlando mit zwölf Nonnen, mit Lui Nan, ihren beiden Kindern, mit Markus und Xiaojun in zwei unversehrten Kohlebooten auf dem Jangtse flussabwärts. Die Schwesternstation „Maria Herz" ist ihre Hoffnung und ihr Ziel. Lui Nan ist mit ihren Ruderkünsten jetzt wieder gefragt, die beiden Boote sind mit einer Leine verbunden. Untiefen sind nur am Kräuseln des Wassers zu erkennen. Sandbänke und Gestrüpp zeichnen sich vage gegen den bleiernen Himmel ab. Mehrfach werden sie in den Mittelstrom gezogen und an einem Strudel, so groß wie eine Baumkrone, müssen sie drei Runden drehen, ehe es Lui Nan gelingt, in ruhigeres Wasser zu steuern. Die Kinder schlafen, Lui Nan keucht, einige Schwestern beten flüsternd vor sich hin und Orlando schnarcht. Im Morgengrauen sehen sie die Marienfigur am Ufer. Jetzt sind alle hellwach, sie stimmen ein Loblied an und Orlando spricht stehend im Boot den Morgensegen.

Die Freude ist groß auf beiden Seiten. Eurike begrüßt alle Schwestern und jedes Kind einzeln, hat für jeden ein besonderes Wort und einen Segensspruch. Deborah und Markus werden von den Kindern umringt und sie müssen erzählen und berichten, wie es ihnen ergangen ist. Die Flüchtlingstruppe ist müde und braucht nach einem ärmlichen Frühstück erst einmal Schlaf. Die Plätze sind bescheiden, aber für jeden findet sich eine Lagerstätte. Nur die Äbtissin macht ein sorgenvolles Gesicht. 18 zusätzliche Esser in „Maria Herz", das ist nicht zu stemmen. Seit Monaten ist kein Versorgungsschiff bei ihnen vorbeigekommen, die Vorräte sind so gut wie aufgezehrt und auf den Feldern ist noch nichts reif. Die Rationen werden drastisch gekürzt und die Kinder kommen immer öfters zu den Schwestern und klagen über Hunger. Orlando setzt für seine Befohlenen ein Fasten an und er lädt täglich zu einer Messe in die Kirche ein, zu einem Bittgottesdienst, um Klarheit für die nächste Zeit zu bekommen. Lui Nan, Eurike und auch Xiaojun machen sich im Haus und Gelände nützlich. Bald fährt Lui Nan mit einigen Kindern und zwei Nonnen in die Dörfer am Fluss, um Lebensmittel zu erbitten. Bald heißen diese Reisen in der Missionsstation nur noch Betteltour. Doch der Ertrag ist meist spärlich, weil die Menschen in den Dörfern selbst kaum noch etwas zu essen haben. Einmal ist sie nur mit Orlando unterwegs und sie bekommen von einem reichen Bauern sogar eine kleine Ziege geschenkt. Da sie nicht ins Boot will, wird sie kurzerhand von beiden hineingetragen. Aber mitten auf dem Fluss springt sie ins Wasser. Ziegen können zwar nicht schwimmen, aber es gelingt ihnen, sich eine Zeit über Wasser zu halten. Lui springt hinterher.

Sie können so eine wichtige Nahrungsquelle nicht einfach davonschwimmen lassen! Also mit einer Hand am Boot festgehalten und mit der anderen nach dem Ausreißer fischen. Sie kriegt die Ziege am Kopf zu fassen und klemmt ihn sich unter den Arm. Aber wie nun das Tier zurück ins Boot bringen? Noch zwei Mal reißt sich die Ziege los, obwohl sie eigentlich das Wasser fürchtet. Orlando weiß einen Trick: „Drücke die Ziege unter Wasser, bis ihr die Luft knapp wird." Schließlich schnellt sie in die Höhe und Orlando greift nach einem Bein und zieht sie zurück ins Boot. Bevor er aber Lui aus dem Wasser hilft, wird der Ausreißer ordentlich verschnürt. Lui Nan ist es peinlich, dass ihr das nasse Kleid so am Körper klebt und ihre weiblichen Rundungen sich deutlich abzeichnen. Orlando merkt das und sagt mit einem verschmitzten Lächeln: „Schau mal, die nasse Ziege hat gar nichts an." Dann schaut er demonstrativ an das näher kommende Ufer von „Maria Herz".

Orlando weiß, dass sie als Gäste zunehmend ein Problem für die Schwesternschaft von „Maria Herz" werden. Sie müssten eigentlich weg, aber wohin? In den Gesprächen spielt das immer wieder eine Rolle. Die Lebensmittelsituation wird nicht besser. Clara kann sich an den Betteltouren nicht beteiligen – wegen Seekrankheit, wie sie sagt. Sie setzt sich oft ans Ufer, der schönen Marienfigur gegenüber. Sie betet viel, spricht mit Maria und wenn sich auf dem Fluss etwas Unerwartetes zeigt, macht sie Meldung, so schnell sie ihre müden Füße die Stufen nach oben tragen.

Nach einem Abend mit herrlichem Abendrot kommt sie keuchend und abgehetzt die Stufen hoch: „Die Heilige Jungfrau, die Mutter Gottes hat mit mir geredet. Wir sollen den Fluss aufwärtsfahren, da ist eine Goldsteinlagune, dort wäre für uns eine neue Bleibe. Mein Gott, sie hat geredet, ganz deutlich habe ich sie gehört und ihre Stimme war so warm, so harmonisch. Wir sollen in die Goldsteinlagune fahren." Die anderen Schwestern senken ihre Köpfe. Einige beten, andere müssen sich das Lächeln verkneifen. Typisch Clara, ausgerechnet mit Clara hat Maria geredet. Doch Orlando kann das nicht so leicht abtun. Er weiß, dass Menschen wie Clara mitunter einen anderen Zugang zu den geistlichen Dingen auf dieser ungeistlichen Erde haben. Er lädt Clara ein, nach der Abendmesse noch ein wenig in der Kirche zu verbleiben und lässt sich die Erscheinung noch einmal genauer erklären. Clara ist beleidigt, dass ihr Priester-Vater ihr scheinbar auch nicht glaubt. Doch Orlando ist es ernst, könnte es doch ein Wink von Gott sein, was sich da unten am Fluss zugetragen hat. Hat sich der Schöpfer wieder einmal den Unmündigen und Einfachen offenbart?

Doch keiner weiß etwas von einer Goldsteinlagune. Weder die Äbtissin Basilea noch Lui Nan, die am Fluss ja groß geworden ist, haben je etwas von so einer Lagune oder gar einer Missionsstation mit solchem Namen gehört. Als endlich ein Versorgungsschiff aus Shanghai anlegt, gibt es zwar Medikamente von der Missionszentrale, aber wenig Lebensmittel. Die Not schein in ganz China das Leben zu bestimmen. Orlando geht auf das Schiff, um den Kapitän zu fragen, ob er etwas von einer Goldsteinlagune weiß, doch der schüttelt nur den Kopf und sagt: „Selbst wenn du mir 50 Käsch gibst, ich kann es dir nicht sagen."

In Orlando reift ein Plan: Er muss in die Missionszentrale und fragen, was mit der kleinen Schwesternschaft geschehen soll. Einen Brief schicken ist zu ungewiss, er muss selbst nach Shanghai. Von Basilea borgt er sich das Fahrgeld und als Clara mit der Nachricht vom Fluss kommt, dass das Versorgungsschiff vom Oberlauf zurückkommt, packt Orlando sein Bündel, segnet die Schwestern noch einmal und steigt runter zum Jangtse. Auf dem Schiff hat er viel Zeit, aber nichts zu essen. Um beides in eine nützliche Aktion zu bringen, meldet er sich freiwillig in der Kombüse, um dem Koch zu helfen. Die Kombüse ist eine freie Fläche am Heck des Schiffes unter freiem Himmel und das Wasser wird direkt aus dem Fluss geschöpft. Es gibt Reis mit Gemüse, am nächsten Tag Gemüse mit Reis. Auch auf dem Schiff ist bei der momentanen Versorgungslage nur eine Mahlzeit möglich. Orlando versucht es mal mit Angeln, aber die Vibrationen des Dampfschiffes sind so stark, dass sich alle Flussbewohner in Deckung begeben. Nur einmal in der Nacht, als das Schiff vor Anker liegt, gelingt es ihm, zur Freude des Kochs zwei Fische dem nächsten Essen beizusteuern. Der Kapitän ist sehr erfreut und tippt Orlando auf die Schulter: „Ich habe mich mal erkundigt, es gibt tatsächlich 1500 Li von Wuhan aufwärts einen Flecken, der sich Gelbsteinlagune nennt." „Goldsteinlagune", unterbricht ihn Orlando. „Das ist mir egal, jedenfalls sagt man, dass dort einmal solche Christen wie du eine Station hatten, aber alles ist verwüstet." Gold oder Gelb ist ja egal, jedenfalls hat Clara sich das nicht ausgedacht. Ob das ein Fingerzeig von Gott war?

In Shanghai ist die Missionszentrale schnell zu finden. Die weiß in der Sonne glänzenden Häuser im europäischen Stil sind ihm noch bekannt. Aber es erwartet ihn kein Urlaubsdomizil für Missionare, für das es gebaut war, sondern ein total überfülltes Flüchtlingschaos. Es sind nicht nur Nonnen und Mönche, Lehrerinnen und Krankenschwestern aus geschlossenen oder verwüsteten Missionsstationen hier untergebracht, sondern auch viele Kinder, Waisenkinder, behinderte und verwundete Kinder. Eine Schwester versucht Unterricht zu erteilen, aber es ist schwierig, weil in dem Klassenraum immer erst die Decken und Matratzen zur Seite geräumt werden müssen. Und viel Elend sieht er hier, für ihn unvorstellbares Elend.

Aber nicht nur im Missionszentrum ist die Not groß. Die ganze Stadt ist voller Flüchtlinge. Die Landbewohner haben sich in die vermeintlich sichere Stadt durchgekämpft und hier sind sie auf sich selbst angewiesen. Der YMCA, eine christliche Jugendbewegung, teilt zwar täglich eine warme Mahlzeit aus, aber das ist nur ein Trost für eine kleine Gruppe von verzweifelten Menschen. Elternlose Kinder streunen durch die Gassen und Hinterhöfe und stehlen sich etwas fürs Überleben zusammen. Die Flaniermeile am Huang Pu, der „Bund", wird abends zum größten Schlafsaal der Stadt. Orlando spricht bei der international besetzten Missionsleitung vor und fragt nach der Zukunft seiner kleinen Gruppe von Franziskanerinnen. „Wir könnten ihre Krankenschwestern und Lehrerinnen hier gut gebrauchen, aber wir haben keinen Platz. Wo sollen sie arbeiten, wo sollen sie wohnen, wo und wie ist in dem Durcheinander hier ein klösterliches Leben noch möglich?" Dann berichtet Orlando von dem Gesicht, was Clara hatte. Er merkt selbst, während er erzählt, dass er die Vision von Clara als ein reales Ereignis schildert. Maria hat gesprochen, die Goldsteinlagune ist nun auch für ihn eine Realität. Die Verantwortlichen hören genau zu, weil sie wissen, dass in schwierigen Zeiten das Reden und Eingreifen Gottes oft deutlicher ist als in ruhigen Friedenszeiten. Der alte Priester Nepomuk kann sich noch erinnern, dass es da am Jangtse diese Station Hwangshihkang gegeben hat. Sie war bekannt für eine florierende Landwirtschaft, sodass die geschickten

Mönche sogar Bauern in der Umgebung unterstützt haben. Krankenhaus und Waisenhaus, Schule und Werkstätten gab es da. Aber in den Jahren des Boxer-aufstandes ist alles rücksichtslos zerstört worden. Das sind jetzt über 17 Jahre her. Keiner weiß, wie es da in der Gelbsteinlagune heute aussieht.

Nach zwei Tagen Bedenkzeit und Gebet rufen sie Orlando wieder zu sich und sagen mit heiligem Ernst: „Wenn der Herr durch Maria zu euch gesprochen hat, dann wollen wir uns dem nicht entgegenstellen. Fahrt mit Gottes und aller Heiligen Schutz den Jangtse auf-wärts, belebt die Missionsstation Hwangshihkang wie-der zu neuem Leben. Dient den Bauern und ihren Fa-milien und errettet viele aus tiefer Heidenschuld zum christlichen Leben." Orlando fällt auf die Knie und unter Tränen betet er: „Du ewiger, allmächtiger, allwis-sender, dreieiniger und barmherziger Herr und Gott, ich danke dir für die Ehre, dass wir dir dienen dürfen. Wohlan denn, Maria, unsere Fürsprecherin, wende deine barmherzigen Augen uns zu und zeige uns nach diesem Elend Jesus, die gebenedeite Frucht deines Lei-bes, o milde, o süße, o gütige Jungfrau Maria." Als sich die Versammlung verläuft, zieht Nepomuk Orlando et-was zur Seite und sagt: „Eine Reise bis da hinauf ist der kürzeste Weg in die Ewigkeit!"

Weil Orlando schon immer ein Praktiker ist, vereinbart er mit der Missionsleitung, dass sie sobald als möglich ein Schiff mit Medikamenten, Lebensmitteln, Werk-zeugen und neuen Nachrichten ausrüsten, um sie in Hwangshihkang zu besuchen. „Als Erstes werden wir eine Anlegestelle bauen, natürlich nach einem gut sichtbaren Kreuz über dem Gelände."

Jetzt hält es Orlando nicht mehr in Shanghai, er muss zurück zu den Schwestern. Mit kleinen Händlern, mit

Fischern, Transportschiffen und Militärbooten kämpft er sich zurück nach „Maria Herz". Clara hat ihn natürlich zuerst entdeckt. „Gesegnet seist du, Pater Orlando. Hast du gute Botschaft mitgebracht?" „Die Heilige Jungfrau und du, ihr seid schon ein besonderes Gespann." Dann klettert er aus der modernen Dieseldschunke an Land und reckt erst mal seine Glieder. „Ich werde heute Abend nach der Messe berichten. Jetzt muss ich erst mal neue Kleider anziehen, siehst du, wie abgewrackt ich aussehe. Da war der verlorene Sohn noch ein Prachtkerl dagegen." Als er an der Marienstatue vorbeikommt bleibt er kurz stehen und flüstert: „Hättest du mir auch sagen können!"

Die Nachricht von der neuen Aufgabe in der Gelbsteinlagune wird unterschiedlich aufgenommen. Clara protestiert schon zum dritten Mal: „Es heißt Goldsteinlagune, Maria lügt doch nicht!" Äbtissin Basilea ist erleichtert, versucht sich das aber nicht anmerken zu lassen. Deborah und Markus würden lieber hierbleiben, hier, wo ihre Zuneigung zueinander begonnen hat und gewachsen ist. Eurike weiß noch nicht, ob sie lieber in „Maria Herz" ihre eigentliche Aufgabe wieder aufnehmen sollte. Die anderen Nonnen gehen den Weg des Gehorsams. Lui Nan ahnt, dass sie gerade dort gebraucht wird, bei der Schiffsreise sowieso. Sie kommt selbstverständlich mit ihren Töchtern mit, auch Xiaojun schließt sich ihnen an, weil sie sich mit der ersten Tochter Lui Shen stark angefreundet hat. Markus kann sich ein Leben ohne Deborah nicht vorstellen und kommt ebenfalls mit.

Am 8. August 1918 macht sich die Gruppe reisefertig. Orlando fällt auf, dass dieses Datum drei Achten beinhaltet. Acht ist die Zahl des Glückes in China. Ist das ein gutes Omen? Aber dann fällt ihm auf, dass die Chinesen ja einen ganz anderen Kalender führen – und außerdem ist es gefährlicher Aberglaube: acht ist Glück und vier ist Unglück. So etwas will er nicht denken, weg damit! Als das gemietete Dieselboot beladen ist, gibt es an der Marienfigur einen Gottesdienst. Viele haben mit den Tränen zu kämpfen. Es ist der Abschiedsschmerz, aber auch die Ungewissheit, die fast greifbar in der Luft liegt. Orlando muss viele tröstliche und hoffnungsvolle Sprüche aus der Bibel heranziehen, um sich und den anderen Mut zu dieser Unternehmung zu machen.

Als das Boot mit den angehängten zwei Kähnen auf den Strom hinaussteuert, steht Clara völlig gegen ihre sonstige Angst vor dem Wasser vorn am Kiel und singt mit fester Stimme das Ave-Maria. Bald geht sie in das Magnifikat über. Wie eine Prophetin ruft sie über das Wasser: „Meine Seele preist die Größe des Herrn, / und mein Geist jubelt über Gott, meinen Retter. / Denn auf die Niedrigkeit seiner Magd hat er geschaut. / Siehe, von nun an preisen mich selig alle Geschlechter. / Denn der Mächtige hat Großes an mir getan und sein Name ist heilig. / Er erbarmt sich von Geschlecht zu Geschlecht."

Auf dem breiten Jangtse wirken die drei Boote klein und unbedeutend, aber mit den Booten fährt eine Hoffnung gen Osten, die, gepaart mit einem unerschütterlichen Glauben, Berge versetzen wird.

Glossar

Beamten-
prüfung

In den höheren Dienst für den Kaiser
kam man nur mit einer komplizierten
Prüfung der Riten, Disziplinen und
genauen Kenntnissen alten Literatur.

Bodhisattva

Erleuchtungswesen, nach höchster Er-
kenntnis strebend. Man betet das Wesen (Mann oder Frau) nicht an, man
verehrt es und folgt ihm nach.

Dschunke

Ein- oder zweimastiges traditionel-
les chinesisches Boot. Handels- und
Frachtschiff auf Flüssen, Seen und im
Küstenbereich. Oft auch als Hausboot
genutzt.

Guanyin

Chinesischer Name für Buddha des
Mitgefühls. Oft mehrarmig, sitzend
oder stehend dargestellt. Sie anzube-
ten soll Ruhe, Glück und Harmonie
bringen, Kummer und Sorge lindern.

Hutong

Eingeschossige, finstere, eng stehende
Stadthäuser ohne hygienische Stan-
dards. Seit Jahrhunderten Lebenswirk-
lichkeit der armen Stadtbevölkerung.
Heute meist nur noch als Museum.

Käsch

Geldeinheit, Kupfergeld für den alltäglichen Umgang.

Kotau	Ehrerbietender Gruß im China der Kaiserzeit: Niederwerfung auf die Knie und mit dem Kopf.
Li	ein Längenmaß, ca. 500 m, „Chinesische Meile"
Mandarin	Kaiserliche Zivilbeamte, die in der Verwaltung und manchmal auch im Militär die Verwaltung des Riesenreiches sicherstellten. Sie waren bestens ausgebildet und von hohem Wissen.
Mandschu	Mandschurien (Mandschurei), ein großes, dünn besiedeltes Gebiet im Nordosten von China. 1644 kam der Mandschure Nurhaci auf den Kaiserthron in Peking und gründete die Mandschur-Dynastie, die bis 1912 existierte.
Puyi	Letzter Kaiser Chinas, der als Kind an die Macht kam. Regiert haben Eunuchen und Höflinge.
Verträge von Nanjing	Der erste Vertrag markiert 1842 das Ende des ersten Opiumkrieges. China wird von Großbritannien wirtschaftlich entmachtet. Weitere Verträge zwischen Europa und China untermauern die Zerstörung Chinas.

Zeittafel zu Chinas Geschichte 1840–1949

1840–42	1. Opiumkrieg
1856–58	2. Opiumkrieg
1861	Kaiserin Cixi übernimmt die Regierung
1900	Boxeraufstand
1908	Kaiserin Cixi stirbt, der minderjährige Pu-yi übernimmt den Kaiserthron
1911	Revolution unter Sun-Yat-sen, China wird Republik
1919	4.-Mai-Bewegung: Protest gegen den Versailler Vertrag
1921	Gründung der Kommunistischen Partei Chinas in Shanghai
1925	Sun Yat-sen stirbt, landesweite Streiks
1931	Japan besetzt die Mandschurei
1934/35	Langer Marsch der KP Chinas unter Führung von Mao Zedong
1937	Japanischer Angriff auf China
1946–49	Chinesischer Bürgerkrieg
1949	1. Oktober: Gründung der Volksrepublik China, Chiang Kai-shek flieht mit der Guomindang nach Taiwan

Personen im Roman
(in der Reihenfolge ihres Auftretens)

Lui Nan	Mutter
Peng	ältere Frau
Shen	Mann von Lui Nan
Lui Shen	erste Tochter von Lui Nan
Olivia	Schwester in „Maria Herz"
Wang Jiarong	Gönner mit Boot
Eugen Ruppert	belgischer Fabrikant eines Stahl-werks in China
Xukai	Frau von Wang Jiarong
Homi	Übersetzer von Eugen Ruppert
Xiaoju	ehemalige Prostituierte
Tchang Chi Tung	Gouverneur
Maurice Gibero	Architekt
Orlando	Pater
Clara/Lina/Montancia/Theo-dora/Clementina	Schwestern
Suzanne Ruppert	Frau von Eugen Ruppert
Francois Cox	Stellvertreter von Ruppert
Guiseppe Assdor	belgischer Arzt
Eurike	Nonne/Lehrerin aus „Maria Herz"
Deborah	zweites Kind von Lui Nan
Markus	später Pei En – Findelkind
Basilea	Äbtissin
Dr. Wei Song	Dozent Akademie Han Yang
Yüan Shi-kai	übergelaufener Offizier

Verwendete Quellen

Mutter Gregoria, Im chinesischen Hexenkessel. Missionsfahrt der Luxemburger Franziskanerinnen 1929/1930, Luxemburg 1931.

Albrecht Kaul, Bambus im Wind, Gießen 2012.

Anthony S. K. Lam, The Catholic Church in Present-Day China, Leuven 1997.

Elisabeth Schmitz, The Hospital Sisters of St. Francis in China, Springfield, Illinois 1999.

Friedrich Schmoll, Wetterleuchten. Als Missionar in China von 1902 bis 1923, Ammersbek bei Hamburg 1990.

Kai Vogelsang, Geschichte Chinas, Stuttgart 2012.

Archivmaterial aus den Franziskanerklöstern in Luxemburg und Münster.

Informationsmaterial über Eugen Ruppert (Iron & Steel) von Dr. Robert Philippart, Luxemburg.

Bibliografische Information der Deutschen Nationalbibliothek
Die Deutsche Nationalbibliothek verzeichnet diese Publikation
in der Deutschen Nationalbibliografie; detaillierte bibliografische
Daten sind im Internet unter http://dnb.d-nb.de abrufbar.

Besuchen Sie uns im Internet:
www.st-benno.de

Gern informieren wir Sie unverbindlich und aktuell auch
in unserem Newsletter zum Verlagsprogramm,
zu Neuerscheinungen und Aktionen.
Einfach anmelden unter www.vivat.de.

ISBN 978-3-7462-6519-3

© St. Benno Verlag GmbH, Leipzig
Umschlaggestaltung: Karen Münch-Thornton, München
Umschlagmotiv: © stock.adobe.com/Gokhan (Landschaft), © Nana
Wang/Shutterstock (Porträt)
Gesamtherstellung: Kontext, Dresden (B)